生命的力量

一个麻风病人的纪实

林强 著

四川文艺出版社

图书在版编目（CIP）数据

生命的力量：一个麻风病人的纪实 / 林强著. --成都：四川文艺出版社, 2017.8

ISBN 978-7-5411-4745-6

Ⅰ. ①生… Ⅱ. ①林… Ⅲ. ①纪实文学—中国—当代 Ⅳ. ①I25

中国版本图书馆CIP数据核字(2017)第168985号

SHENGMING DE LILIANG : YIGE MAFENG BINGREN DE JISHI

生命的力量：一个麻风病人的纪实

林 强 著

策划组稿 蔡 曦
责任编辑 余 岚
封面设计 叶 茂
内文设计 最近文化
责任校对 蓝 海
责任印制 唐 茵

出版发行 四川文艺出版社（成都市槐树街 2 号）
网 址 www.scwys.com
电 话 028-86259287（发行部） 028-86259303（编辑部）
传 真 028-86259306

邮购地址 成都市槐树街 2 号四川文艺出版社邮购部 610031
排 版 四川最近文化传播有限公司
印 刷 四川华龙印务有限公司
成品尺寸 168mm × 230mm 1/16
印 张 15.5 字 数 190 千
版 次 2017 年 8 月第一版 印 次 2017 年 8 月第一次印刷
书 号 ISBN 978-7-5411-4745-6
定 价 49.80 元

前　言

15年前，一次摄影的机缘，让我走进了隐藏在大山深处的村庄——麻风村。我不愿意称它为“麻风村”，在这里，我看到的是同样健康的孩子们。他们与外面孩子一样的天真、活泼、可爱、聪慧，唯一不同的是他们的脚下没有一所学校。

麻风病在我童年记忆里是恐怖的代称，我们称它是魔鬼。可是，直到我亲眼看见那些身带残疾的老人，才真切地体会到它有多恐怖！20世纪30年代，在我们国家的许多地区，麻风病人都还在被合法的捕杀，活埋、活火葬这些令人毛骨悚然的手段却生生用在他们身上。新中国成立后，党和政府专门建立了今天所称的“麻风病康复村”，这种隔离治疗的方法对当时贫困的中国来说是唯一可行的。它让今天的中国人永远远离了曾经肆虐的麻风病，保障了我们和我们孩子的健康。在我心中，每一位麻风病人都是有功的人，对已老迈甚至故去的他们，我心怀感激。

15年来我走遍了凉山州大大小小的麻风康复村，接触了很多麻风病人和他们的家庭，在与他们同吃同住的那些日子里，我跟他们交上了朋友，听他们讲述自己几十年的经历。每当我同他们接触交往时，就会感受到一种召唤，这是一种与以往生活经验完全不同的情怀，这种感受来自麻风病人的坚忍和淳朴。他们一头记挂着对美好生活的希望，另一头又被痛苦和贫瘠的现实牵绊着，在我与他们的对话中，这种矛盾冲击着我的心灵，也净化着我的灵魂。钱智昌就是他们中的一员。我从他那里懂得了什么是善良、什么是高贵，明白了“无缘大慈，同体大悲”的真正含义。我时常会用这些来勉励自己。

那里的每个人、每个家庭都有一个感人的故事，本想把他们的故事都写进书里，但太多，又怕讲不完、讲不清，所以选择了钱智昌为主线，讲

2007 年，四川凉山州布托县阿布洛哈麻风村全景

麻风村的三代人

一讲我与他这10年来的交往故事，也试图揭开凉山州麻风村的一角。这些年里，我拉过那些老人的手，吃过他们的饭，就是这样一个来自外界健康人的简单问候，竟让他们泪流满面。他们太需要我们的尊重和关心。他们刻满皱纹的脸庞，布满沧桑的双手，以及那一幕幕电影镜头般的往事，催促我讲出他们的故事，写出他们的心声。这是我提笔撰写此书的初衷。

最后，谨以此书献给那些已经离去和在世的麻风村病人们，也向他们表达我心中的感激和感动。感谢大家阅读此书，也感谢为此书贡献出自己故事的人们!

给钱智昌的一封信

钱智昌大哥：

您好！

10年前的今天，在四川凉山一个偏僻的山村里，夕阳投洒在贫瘠的山梁上，黄黑的土地顿时变成了橘红色。我站在山梁上远眺，突然，一个小小的身影，赤着上身，双膝跪地在劳动，那个身影映入了我的眼帘，也照进了我的心里。您像机器人一样挥举着锄头，身躯在夕阳下构成的剪影是那样的有力和优美。那一刻，我拍下了您有生以来的第一张劳动画面。当时，我仅仅是出于一个艺术爱好者对美的捕捉，却不想您把我带入了您的生活，让我数十次来到您的身边和您生活的那片土地。如今，您不仅是我的好友，还是我许多朋友的老师。

当我知道您在12岁患上了麻风病，在山洞里住了6年时，我为您心痛；当我知道20余年来您在开垦的荒地上收获了18万斤玉米时，我为您骄傲；当我知道村里有很多户人家都得到过您的帮助时，我为您感动；当我知道您一辈子没有成家，但却多年供养一位比您大14岁的老人时，我感到了羞愧。为了这种感动和羞愧，我开始了解您、用相机纪录您、尽力去帮助您，我这么做的目的，其实是想让更多的人知道您，知道您的坚忍和不屈，知道您的善良和高贵。

您在67岁那年，不愿看到村里的人外出打工而土地荒芜着，于是您承包了其中的3亩地。这一年，我4次来到您的身边，用手中的相机真实地记录了您在那块坡地上播种、施肥、收割的劳动过程。从您嘴里吐出的玉米种，在土地里经过胚胎发芽，一星期后，这些小芽破土而出，在阳光的照射下，嫩黄的小芽转眼就变成了油绿的幼苗。由于您嘴唇无法控制播种时每窝的统一数量，半月后您增加了择优选苗的过程，在您精心地育苗和壮苗下，那些小苗逐渐长粗、长高，并开始拔节；60天后，在抽玉米花时，我又见到了您在那块土地上锄草和施肥；100天后，扬花受精后的玉米棒子越长越大。您告诉我这3亩地的玉米收成在1200斤左右时，我真为您高兴和骄傲。很快，我拍摄到您收获玉米的整个过程。当我从摄像机里反复地回放着您双膝跪地，背着百余斤的玉米棒子，在山坡上一步一步地倒退着下山时，我感受到了您跪着行走的每一步都彰显着您对生活的憧憬和不屈的精神。在用影像记录您的那种坚强和自信的过程中，再一次让我的心难受得如同针刺，您是用没有手指的“手”和没有脚掌的“脚”做了四肢健全的我们想都不敢想的伟业。

我每次与您告别时，您都会给我一封信。您手不方便，写信要比正常人多花好几倍的时间，可您在信中没有丝毫的抱怨，全是感激和对生活的向往。您把我每次送您的一些物资和生活费都丝毫不差地写进信里，您用这种方式来表示您的谢意与感激。为了不让我再从成都给您带东西，您把一辈子种玉米所换来的6万余元存款的秘密告诉了我，后来我从村里的乡亲那里知道您竟把那6万元存款里面的56000块钱全部借给了那些需要帮助的人，那一刻我悄悄地流下了眼泪。您说得最多的话是“对不起”和“谢谢”，其实我们最该感谢的是您！在20世纪的五六十年代，是您和那批麻风病人为了我们的健康，为了我们祖国的发展，你们选择了自我隔离，选择了自我封闭。因为你们的牺牲，新中国的医护人员才有时间潜心研究疫苗，“麻风病”这曾经一度让人闻风丧胆的名词才成为历史，因此我们深怀感激。今天，我们的祖国富强了，人们的口袋富足了，我们有责任让你们的晚年生活得好一些，让你们在生命的最后阶段再一次感到祖国大家庭的温暖。

10年来，您给我讲了许许多多的故事，这些故事的细节我不仅印在了心里而且常出现在梦里。为了完成您的心愿，我领着您找到了60年前您住过的山洞，山洞已坍塌、损毁了很多，可您还是一眼就找到了当年您睡觉的位置。我带着您找到您57年前的初恋——如今的黄婆婆。当我看到你们重逢时，追忆那段在山洞里的幸福时光，您的每一个动作、每一句话都让我激动并为您高兴。

您最大的愿望就是坐一次飞机去一趟北京，站在天安门前照一次相。2016年的秋天我陪着您实现了这个愿望。您在星级宾馆的卫生间里如同小孩一样好奇，望着那些陌生的开关和马桶，不知如何下手，这些都是您这辈子第一次见到。当您知道您住的那间房每晚要花680元时，您告诉我天安门、长城都看了，明天我们就回去吧。我问为什么？您说："我们县镇上的旅馆住一晚只需25元。"我知道您是在为我着想，可您不知道，我为您这次进京足足筹备了两年。

当我把您的故事与周围的朋友讲述时，朋友说："您是一面镜子，镜子里的您展现的是残疾的肢体，您用残疾的肢体天天走的路，许多官员一生都走不到。镜子里映衬的是您劳动时永远的跪姿，您跪行的身躯比我们显得更高大、更挺拔、更称得上男人。"

我们每一个人面对您这面镜子，不仅会照见自已躯壳里最不光彩的那些浊念，同时还能找到人生的价值和尊严。生命带给您形式上的残忍，而您却换取了精神上的新生。

作为您的朋友，我用手中的相机记录着您近年来的生活点滴，以图片和鲜活的事例将您的感人事迹传递给热爱生活的朋友们。您那些真实的故事会感动和激励许许多多的人，您高尚的精神品格一定会长存于世。即使千百年后，我相信人们还能从今天记录您生活的文字影像中，感受到生命的力量。

您永远的朋友：林 强

2017年2月于成都

67 岁的钱智昌，手脚残疾

2007 年，我拍下了钱智昌有生以来的第一张劳动画面

钱智昌挑水去地里

钱智昌背着收割的 120 多斤玉米下山

钱智昌背玉米秆回家

目录

钱智昌在火把场为他的父亲烧纸

第一章　天上的父亲

钱智昌，1944年9月生，汉族，云南人，未婚。

1955年，钱智昌在云南巧家县崇溪乡南团小学上学。农村的小孩对知识有一种天生的好奇，对学校有一种自然的向往，使得年幼的钱智昌每天都是兴奋的。黎明晨起，他就背着书包，揣着干粮，迎着朝阳和村里的小伙伴一起去上学。尽管南团小学仅仅是村里自办的学校，只有几十个孩子，两位乡村老师，两间砖瓦堆砌的教室，可是在钱智昌心中，这是世界上最美的地方。这里有带墨香的课本，有笑容美好的老师，有打闹欢笑的同学，还有广阔的村外世界。在这里，他背了“九九乘法表”，知道了“狼的故事”，知晓了“英雄黄继光”的事迹，还学唱了《少年先锋队队歌》。三年级的他，兴趣的大门刚刚打开，他带着憧憬和美好，对浩瀚的知识宝藏探头探脑。

突然，有一天，学校的负责人很严肃地告诉他：“你被学校开除了！”这个消息就像晴天霹雳，砸在他的身上，他当时就懵了。他在学校里乖巧懂事，老师和同学都很喜欢他，上课会积极回答老师的问题，课后也愿意帮助同学，为什么学校不要他了？老师告诉他，因为他身上长了一种斑疹，可能是麻风病。是呀，他背上和手臂上长了很多红色的小点点，有时候还有点痒，就像蚂蚁在爬。他并没有在意，痒了就用手挠挠，挠完了就不痒了，他以为过几天就好了。可是现在老师告诉他，这是麻风病。他不知道麻风病是怎么回事，但他知道这是一种恐怖的绝症，是要死人的。

他清楚地记得，6年前的那一幕。1949年初，新中国还没有成立，一天上午，母亲把家里的孩子叫在了一起，说：“今天你们的父亲要升天了，你们都要去看他最后一眼，送他最后一程。”母亲说完这句话，看也不看他们一眼，就往外走。家里的大姐突然就哭了，跟着母亲跑了出去。年仅5

岁的钱智昌并不知道升天是什么意思，他不知道大姐为什么会哭，只能乖乖地跟在哥哥姐姐后面。钱智昌的父亲叫钱开明，是一位乡村赤脚医生，母亲是一个普通的农村妇女，他们一共生养了6个孩子，钱智昌在家中排行老三。

他们到了离学校不远处的一个空坝上，看到中间有几根粗壮的木头一层横叠一层纵横交错搭成一个台子，上面堆了很厚的干树枝、枯树叶、稻草、玉米秆等，整个柴火堆有一间房那么高。父亲就站在柴火堆旁边，看到他们来了，挨个摸了摸孩子们的头，也不说话。陆陆续续有村民往这里聚集，快到中午的时候，基本上全村的男女老少都来了。他们没有拥挤，没有喧哗，甚至招呼都不打，都静静地站在钱智昌他们一家人的身后和两边。大人们表情都很凝重，小孩也不敢吵闹。现场静得让钱智昌有点害怕，他伸手拉了拉妈妈的衣角，可是妈妈没有任何反应。他又抬头看了看天，天灰蒙蒙的，没有一丝风，没有一片云。这时候村里的两个壮汉把钱智昌的父亲用绳子捆在一个木板上，父亲看了看母亲和他的6个孩子，张了张嘴，好像要说点什么，最终却什么都没说，缓缓地闭上了眼睛。钱智昌看到这个场景以后，更加害怕，他哆嗦地躲在妈妈的身后，但还是倔强地露出小脑袋盯着木板上的父亲。很快，又有几个壮汉加入，他们齐手把钱智昌的父亲抬到了3米高的柴火堆上，父亲仰躺在上面，钱智昌都看不到他。柴火堆的下面有一个巨大的洞，钱智昌看到村里的一个叔叔，手拿着火把看向人群中的一位长者。长者点头示意以后，他就把火把伸进了洞里，顿时柴火被点燃了，火苗顺势往上冒，柴堆哔剥燃烧着，火焰愈来愈旺，把父亲包围在一片红光中。钱智昌看到柴火堆在晃荡，父亲在挣扎；他还听到父亲在喊叫，可是听不清喊的什么。父亲的声音越来越小，渐渐

这是火葬，而钱智昌的父亲是被活火葬

地消逝在浓烟中，火势小了下去，浓浓的烟雾覆盖着整个天空，父亲走了。母亲一只手把钱智昌抱在胸前，让他埋在自己的怀里；另一只手紧紧地握着儿子的小手，钱智昌感觉有一丝疼痛。接着，他看到自己胸前的手背湿了，母亲硕大的泪珠一颗一颗连串地砸在他的手背上，吧嗒吧嗒……5岁的他，恐惧，懵懂，还有莫名的悲伤。周围的兄弟姐妹们都在哭泣，他也跟着哭。火熄灭了，留下一堆残灰，空坝上的人慢慢地散了，钱智昌的母亲走到灰烬前，拨拢了一些白灰包在随身带的包袱里，带着他们一起将父亲的骨灰埋葬了。跪在父亲的坟前，母亲对他们说："你们的父亲走之前是没有饿饭的，村里每家每户凑钱买了一头猪，让他吃了5天的猪肉。你们的父亲得了麻风病，他是一个医生，知道得了这病只有死，不然就要传染给其他人，他是自愿的。你们不要怪那位点火的人，他是村里抽签定的，谁都不愿做这个事；你们也不要怪村里的保长，是他安排每家派人为你父亲送行。"

父亲被活活烧死的那个场景一直牢牢地刻在钱智昌的心里，"麻风病"这三个字也一直肆虐地在钱智昌的心里盘绕。但是他从来不对外人说起，他甚至没有对自己的母亲提过。我跟钱智昌认识和交往了十多年，在这十多年里，我们成了无话不谈的好朋友。其实，从认识他的那天起，我就知道他的父亲是因为麻风病去世的，但是我一直不敢问他，也不敢打听他父亲死的过程，甚至不敢在他的面前提起他父亲。我能猜测出那一定是他心中的一道疤痕，不能随便揭。直到2014年9月的一天，我打电话告诉他，我想在他父亲生日那天和他一起去祭奠，因为那一年正好是他父亲诞辰100周年。

我在成都买了一些蜡烛、香和纸钱，开了两天的车到了他所在的凉山州普格县向阳乡森科洛村。见到我的时候，他异常激动，目光灼灼难掩心中的期盼，连干裂的嘴角都扬了起来，笑意迅速在他沧桑的脸上晕开。第二天一大早，天还没亮，我们就带着蜡烛、香、纸钱和几个苹果出发。这几个苹果是他前几天一个一个反复比对，精挑细选出来的，又红又大。钱智昌拄着拐杖，却走得一点都不慢，甚至可以说“健步如飞”。一路上朝阳洒在刚扬花的玉米林上，熠熠生辉；路边的野花争相开放，连空气都带着淡淡的清香；偶尔几只山雀划过枝头，留下清脆的鸟鸣。这一切都让我和钱智昌不那么忧伤。我们大概走了一个多小时，终于在村后头的山坡上找到了一个火把场。这个火把场是全村的最高点，是全村的风水宝地，村民祈福拜祖都会来这里。

那天，火把场没有一个人，四下里静悄悄的，仿佛掉一根针都能听到。我们找了一块风水好的位置，钱智昌用颤抖的“手”点上了香和蜡烛，点燃了纸钱，直直地跪在地上，他说：“爸爸呀，明天是你100岁的生日。今天，我同我的好朋友林强来祭拜你。我一直都没有机会祭拜你，是林强在成都专门为我买的香、蜡烛。你死的时候我还很小，不懂事，只记得你被火烧的时候，不停地挣扎和喊叫，那一定很痛，现在你在天上，不痛了吧？12岁的时候，我又患了像你一样的病，今年，我都过了70岁了，能活到现在要感谢新社会，感谢毛主席，感谢共产党。爸爸呀，我一辈子没有成家，没有给你传宗接代，对不起啰！”说完，他望着远方重重地叩了三个响头，眼眶里也溢出了泪水。我一边录音，一边拍照，不知道怎么的，听着他说的那些话，我的泪水也涌了出来。我不知道是他讲的那些话，让我身临其境，还是我的心是和他相通的，此刻我也想起了我的父亲。

我的父亲与钱智昌的父亲同是在他们38岁的时候去世的。钱智昌的父

钱智昌手抱着钱纸去火把场纪念他诞辰百岁的父亲

亲是因患麻风病，怕传染给其他人，被活活烧死的；而我的父亲却是因为不愿意当右派，自己上吊死的。他们踏上黄泉路的原因不一样，可是我想他们走在路上的心情应该是一样的悲痛、绝望和不舍。

我的父亲叫林德成，1947年毕业于民国的金陵大学，曾在民国时期的教育部任职。我的母亲叫陆齐民，在苏州长大，自小受到良好的教育，先后就读于苏州幼城女校、振华女中，抗战时期她转学至四川成都华西协合大学就读。那个时候她一心向往延安，也曾向外祖父提出要去延安。那个年代，去延安的途中，国民党设有重重关卡，母亲知道要想如愿，必须得到外祖父的同意；而且只要外祖父打招呼，就能去到延安。这里就不得不提到我的外祖父，他是黄埔军校第一期上校主任教官，也是当时围剿延安的最高指挥官胡宗南的老师。外祖父并没有答应母亲的请求，母亲也没有去成延安。年轻气盛的母亲因为这件事情跟自己的父亲有了隔阂，母亲一度对外祖父耿耿于怀。但是，母亲对延安的向往一直没有磨灭，所以新中国成立前夕，母亲并没有跟随外祖父去台湾，而是和父亲一起留在了大陆，留在了四川一个偏僻的小县城——资中县。

2016年大年刚过，我接到母亲的电话，她让我准备两张父亲的照片，要放大一些。我突然想起过几天是父亲96岁的生日。星期天，我一大早起来，带上照片和鲜花到我姐姐的家里，母亲现在跟姐姐住在一起。我把父亲的照片贴在了母亲的房间里，96岁的母亲拄着拐棍，捧着一枝百合花，久久地站在父亲的遗像前，一言不语。她在父亲的灵位前尽情地释放了自己的回忆，摇头一笑。

58年前的今天，2月27日，天还没有亮，姑姑把4岁的我和2岁的妹妹叫起，她右手抱着妹妹，左手牵着我，趁着月光拼了命地往乡下赶。十几公

96 岁的母亲拄着拐杖，捧着一枝百合花，久久地站在父亲的遗像前，一言不语

里路，她一步也不停留，好像后面有什么东西追着她一样。我不敢问，也不敢哭，更不知道发生了什么事情让姑姑这么恐惧，只能跌跌撞撞地跟着姑姑赶到了乡下。这件事情我一直忘不了，后来隐隐约约猜测出姑姑慌张的缘由，但是我不敢去询问母亲。因为在我50年的记忆里，母亲几乎不谈外祖父和父亲。近一段时间，不知道是人老了还是怀旧的原因，母亲经常跟我聊起她的童年和青年时代。她会给我讲她在苏州读书的趣事，在成都读书时与父亲恋爱的场景，也告诉了我她与外祖父闹矛盾的这件事。也就在50多年后的一天，我才从母亲那里得到证实，那一天我父亲出事了。

1957年，全国上下掀起了“反右运动”，到处都是“大字报”、“大批斗”。那时候，右派的名额是有指标的，就资中县来说，指标分配得最多的是学校。父亲当时在资中一中任高三的年级组组长，再加上外祖父的这层“海外关系”，他被列入了右派的名单内。1958年2月20日，县上组织老师进行开学前的集中学习，会上父亲得知开学后他不能再给孩子们上课的消息后，好几天都不说话。就在2月27日的夜里，那天正是他38岁的生日，吃完晚饭他跟母亲说，他很累，要上楼休息。母亲安顿好孩子们睡觉，跟奶奶交代好开学后家里的安排后，上楼发现父亲悄悄地上吊了。父亲临走前没有留下只言片语，就这样带着悲痛、尊严永别了他的母亲、妻子和四个孩子。发现父亲上吊以后，母亲立刻报告了公安局，验尸后母亲叫了几个平常交好的邻居连夜用门板把父亲抬到了县城东门外，找到了一块荒地，偷偷地挖了一个坑，埋葬了。2月底的四川，天气阴冷，寒气侵入骨缝中，让人瑟瑟发抖，但是母亲在父亲的坟墓前守了整整一夜。我不知道那一夜，母亲想了些什么，有没有跟父亲说些什么，还是会后悔些什么。第二天天一亮，她就去了学校，照常为学生上课。我问过母亲为什么要这样做。她说“那一天是开学的第一堂课”，停了一会儿，她又说“当时心里很乱，而且又怕……”那时候我很小，只知道前一天还见到父亲，第二天，就见不到父亲了。小时候，看到别的小孩有父亲带着他们去县上看电影，给他们买零食和玩具，用自行车驮着他们上学，把他们架在脖子上“骑大马”的时候，我总会想起自己的父亲。我偷偷地抱怨过“为什么别的小孩都有父亲，我却没有”，“父亲为什么不要我们了”，可是我从来不敢去问母亲，我知道母亲可能会不高兴。长大以后，我终于明白她为什么不愿意提过去，她是不愿意回忆过去的艰辛。1960年困难时期，为了让一家老小吃上红苕皮做的饼，她把她心爱的大衣、手表都卖了。“文革”前，因为穿了父亲的一件棉袄，被认为她对右派有怀念之心，她遭到了停课，喂了三年猪。一家老小的吃喝拉撒不允许她舔舐伤口，只能不断地挥舞着双手，砍断心里的荆棘带着家人们朝前走。

我看见钱智昌用那双没有手指的“手”艰难地烧着纸钱，无意识地过去同他一起烧。我在为他的父亲祭奠，心里也怀念着我的父亲。纸钱跳跃的火光，红彤彤的苹果，暖烘烘的太阳，悠悠的檀香，一切都是那么静谧而祥和。无论是钱智昌的父亲还是我的父亲，在天上看到现在的我们，他们会高兴的，会骄傲的。得了麻风病的钱智昌还快乐地活着；我的大姐当了中学校长；我的大哥和妹妹上了大学，做了医生；最像父亲的我当了兵，立了功，得了很多奖，还在人民大会堂做过先进事迹报告。

越是接近生命的终点，60多年前的那一幕，越是清晰。对于72岁的钱智昌来说，对于我96岁的母亲来说，那是跨越时光去接触的记忆，是一段痛苦的旅程，但更是人生的回望，命运的关照，情感的偿还！

钱智昌为百岁的父亲上香

第二章　山洞里的往事

12岁时，钱智昌被老师告知他患了麻风病。他离开了南团小学，不敢回家，也不敢让母亲和兄弟姐妹知道。他怕得不知所措，不知道厄运为什么会落到他的头上。他跑到村外一条河边，一个人孤零零地坐到河岸上，脑子里不断地浮现“父亲被烧死”的惨状。不知道坐了多久，母亲找到了他，带他去医院做了检查，确诊他患有麻风病。从医院回来后，他每天都藏在家里，一步也不敢出门，他怕自己会像父亲那样被火烧死，或者被活埋。那时候，政府已经有了预防和治疗麻风病的方法，可是人们对麻风病的恐惧却深入骨髓。在有些地方仍是抱以“灭绝”处理的态度，把麻风病人集体收容在深山或孤岛上，限制他们与外界联系，断粮、断交通，使之自生自灭。在四川、云南等偏远山区，对待麻风病人更加残忍。在汉族地区，他们可能会被活活烧死；在彝族地区，他们可能会被缝进牛皮中被活活憋死。“活埋”、“烧活人”这些惨绝人寰的字眼时刻与麻风病挂着钩，让人闻风丧胆。对于钱智昌来说，这种恐惧更加真实，它曾经就发生在自己眼前，像一根冰锥直戳戳地立在心里。

钱智昌偷偷藏了点家里毒耗子的敌敌畏，准备了结此生。那天，他趁着家里没有人，喝下了敌敌畏，所幸被他的母亲发现了。母亲背着他，连夜把他送到医院里洗胃，将他抢救回来。母亲含着眼泪跟他说：“现在解放了，是新社会了，不会再被火烧死了。再说，你才得这个病，有办法治的，我们慢慢治。别怕！你走了，妈妈怎么办！”钱智昌就这样继续躲在家里。

有一次在家门口碰到他上学时的小伙伴，他刚准备打招呼，小伙伴们就急急忙忙跑开了，像躲瘟疫一样躲他。还有村民直接绕过他们家门口走，害怕沾惹上病毒。没有了一起玩耍的小伙伴，没有了敬爱的老师，

钱智昌住过的山洞

没有了疼爱他的叔叔伯伯，身边只有妈妈能给他一丝安慰。“大家要烧死他”、“妈妈不要他了”、“妈妈被他传染了”，钱智昌每天都活在恐惧中，逃跑是他活下去的唯一念头。

这一天，天还没有亮，钱智昌给他母亲留了一张纸，上面画了一个奔跑的小人，小人前面是一座大山，下面写了四个字：“儿子走了”。钱智昌的母亲不识字，他用图画告诉母亲，自己往山里走了。我问钱智昌，为什么要往山里跑。他告诉我，当年父亲患麻风病的时候遇到一个老中医，他开了一个方子“草乌炖猪脚”，那个方子好用。母亲曾告诉他，草乌是一种剧毒草，生长在海拔3000米的高山上。要想找到草乌，就观察蜜蜂，草乌周围会有大量死亡的蜜蜂。带着残存的希望，钱智昌毅然决然地选择走进大山。

钱智昌有三年的小学文化，认识一些简单的路牌和招牌，沿着人少的地方流浪。一边流浪，一边寻找草乌。那时候，他的病症只是初期，症状并不明显，不熟悉的人不会知道他是麻风病人，路上并没有受到歧视。白天，有好心人见到他这么小就出来流浪，会给他一些土豆、窝窝头、玉米饼子等吃的，他就会跟那些好心人说：“我有病，最好把它们放在门外，以免感染。”晚上，有人可怜他年幼体瘦，会提供牲口棚给他睡觉，更多时候他就蜷缩在住户的屋檐下、桥洞里或是树底下过夜。

有一天夜里，电闪雷鸣，下起了大雨，钱智昌躲在桥板下。他把身子蜷成一团，贴着桥墩，饥寒交迫。他告诉自己要赶紧睡，睡着了就不冷了，睡着了就不饿了。也许是太累了，他还真的睡着了。迷迷糊糊中，他感觉自己在漂流。睁开眼，四周都是水，黑乎乎一片，他已经被大雨冲进了水里。他慌了，四肢并用，连爬带蹬，终于抱到了一根木头，躲过了一劫。

其实，如果那时候用药医治，钱智昌不会像现在这样重度残疾。有时候，我就想："他会后悔吗？后悔跑出来？"可是每次看到他那沧桑却坚毅的脸，就会有一种"这就是他要走的路，即使再来一次也会如此"的感觉。

他一路朝北走，山一座比一座高，一座比一座大。进了大山，他一直紧绷的心终于松了一口气，山高人稀更没有人知道他得了麻风病。饿了就捡野果子吃，渴了就捧山水喝，累了就靠在石头上休息，困了就躺在树下睡，就这样一路走到了大凉山普格县的大山里（现在的森科洛村所在的山）。当时，那里基本上没有人烟，只有花豹、野猪等动物。钱智昌觉得这里不错，他想留在这里，不走了。

山下有一个名叫杨明洞的好心人收留了他，让他放了一年的牛。白天，他替主人放牛；晚上就睡在猪圈旁。主人家的老婆婆刀子嘴豆腐心，很疼爱这个瘦小的"小山白"，小山白是钱智昌的母亲给他起的乳名。这一年，他过得简单，轻松。他终于觉得天蓝了，阳光温暖了，生活又有了盼头。可是病情也在恶化，身上的斑疹越来越多，开始溃疡，糜烂，四肢渐渐失去知觉，他担心自己的病症会传染别人。他只能选择离开，临走之时，老婆婆还给了他5元工钱。现在，5元只能买一根冰棍，那个年代，大米是1角3分钱一斤。

放牛的时候，他在山里发现一个岩洞，岩洞有10平方米左右，洞口上方有一块十多米宽的大岩石，可以遮风挡雨。岩石的缝隙中长满了藤蔓，枝条交错，细叶紧密，宛如一条条臂膀庇护着岩洞。洞口旁边还有一块几十平方米的空地，空地上几个小石块和几撮杂草点缀其中。离山洞10米远的地方有一条小溪，水流虽然不大，但很清，溪水淙淙。就是这样一个山洞让钱智昌有了家的感觉。他用树干和树枝搭起一个简易床，床上放了一

自制最原始的工具

些干树叶，作为垫褥。主人还给了他一床棉被和简单的生活用品，他就一个人在山洞开始了6年的独居生活。

开始几天，他靠着野果和野菜，以及主人给他的玉米面，勉强度日。后来，他发现小溪里的鱼很多，他就打鱼吃。那时候生态环境很好，只要肯动手就有吃的。一直到现在，每次说到这段日子，他都一脸兴奋地跟我说：“那鱼很新鲜，很好吃，而且基本上每天都能吃到。可惜你现在吃不到了，真想请你尝尝。”到了冬天，野果野菜就没有了，鱼也难捕了，天冷了，穿衣、吃饭都成了问题。他就用冬茎草搓成绳子，把棕树皮缝成裙子，把捡到的羊皮缝成披风，一身“犀利”的造型用来挡风，保暖。实在饿得受不了，他就挖苡形菜、蒴枞树皮、挖树根吃，每每说到这，钱智昌的眼里就含着泪水。

挨过了冬天，春天来了。钱智昌的山洞前有一小片桑树林，附近的荞窝农场的员工偶尔会来摘桑叶养蚕。他们看到干瘪的钱智昌，很可怜，就让他到农场的麦田里捡麦子，他把捡回来的麦子用石板敲碎，对着风吹，把麦皮吹走，把麦粒放在水里煮。他终于开始吃上粮食了。后来，农场收稻谷，他就去捡稻谷；收红薯，他就去捡红薯；收玉米他就去捡玉米。幼小的他知道这不是长久之计，他要自力更生。他开始有意识地保留种子，开垦荒地，自己种玉米。当年，他便用残疾的双手和双脚开了6块荒地。

第二年秋天，玉米收成很好，他把玉米挂到山洞前的树枝上。阳光照耀挂在树上的玉米，金光闪闪。看着满树的玉米，他第一次有了收获的喜悦。这个事情，钱智昌给我讲了很多遍，他感觉很有成就感。我问他后来回去过没有。他说腿脚不方便，而且也不知道那里变了没有，还在不在。我能猜测他心底的那份渴望。于是，2015年9月，我决定要带他去看他以前住过的山洞。那一天，他兴奋得很，前天晚上他就画了几个步行草图，方便我们找到路。一大早，我们就出发了，车走了一段大路，又是小路，一直到没有路了。车停了，我们步行，我拿着草图，在前面探路；他拄着双拐，在后面跟着。他边走边念叨“怎么变了”、“怎么树被砍了”、“怎么出现岔路了呢”、“那里原来开着一种黄色的小花，很好看的”……他唠叨了一路，我却不觉得烦，伴着他的念叨，一幅他曾经的生活长卷展现在我的脑海中，多神奇！

我们在没有路的山间，大约转悠了40分钟，他发现了那条小溪，那条传说中的小溪。小溪窄了很多，水也不清了，可是他仍然拄着双拐，在小溪的石头上兴奋地手舞足蹈，还要给我展示他怎么捕鱼。我给他定做的鞋子也打湿了，可他浑然不觉。我怕他摔倒，滑到小溪中，就让他慢一点，可他就像个不听话的小孩。没办法，我只能扶着他，紧紧地盯着他的“脚”（那根本称不上脚，他的脚没有脚掌，只有两根“棍”）。渡过小溪后，他径直地往上走，一副“我的地盘我做主”的样子，手脚齐全的我反而被他甩在了后面。突然间，他喊了一声，“林强，找到了，找到了，就是这里。”

我快步到了洞口前，看见他一手拄着拐杖，一手摸着洞口的岩石。他用粗糙干裂的手掌来回摩挲着青白的石块。他手指着洞穴里右边的位置说：“洞垮了一半了，我当时的床就在那个位置。”周边挂玉米的树也全部被砍掉了，他就一个劲儿地念叨：变了变了。56年了，怎会不变呢！我拿起相机给他在洞口拍了好几张照片。我问他50多年前开垦的地在什么地方。他指着洞口左前方说这里有一块，上面有两块。我看着他说的那些地，现在都荒着，长满了杂草，只有靠近小溪的地里，还种着一点庄稼。

钱智昌拄着双拐涉水去寻找他六十年前住的山洞

这个地方，50多年过去了，仍然没有什么人，只有山的对面有一间邻舍，也不知道那里是否有人住。我带了一些干粮和矿泉水，让他在山洞前多停留一些时间，不知道还有没有下一次呢？

50多年过去了，今天第一次回他的家，自然勾起了许多回忆。他给我讲那6年，他是怎么一个人生活，怎么忍受病痛，怎么开荒，怎么种地，怎么做饭……他的声音一直低沉而平缓，娓娓道来，仿佛在说着别人的故事。其中各种艰辛都轻描淡写，反而骄傲地告诉我，他怎么用棕榈树的树皮、羊皮和狗皮缝衣服穿，他说这可是真正的皮草呀。到了第三年的时候，不仅玉米吃不完，而且他种了红薯、土豆、白菜和萝卜，山鸡、野菜、河里的鱼还能改善伙食。在20世纪五六十年代，那可是小康的生活水准，日子滋润得很。有一年夏天，下大雨，山洞被淹。水退了以后，洞穴里很潮湿，好几天不能住人。钱智昌就利用岩石的斜面，用干的树干和树枝搭了一个草棚，这样他把自己的居住面积扩大了50多平方米，远远超过了我们现在的人均居住面积。

小溪的对面是先锋公社的地盘。1960年，我国正处于严重的三年饥荒，加上农村公社，社民都吃大锅饭。不论农村还是城市人，都吃不饱。当时有几句顺口溜：“想起三春上，两眼泪汪汪，吃的茅根馍，喝的野菜汤……”所谓的茅根馍就是挖出的茅根、芦根粉碎后掺点面粉做的馍，野菜汤是很少几根面条掺很多野菜做的面汤。那时的人们个个菜色，眼窝塌陷，有的因营养不良大腿浮肿。先锋公社的村民知道山那边的山洞里住着一位麻风病人，有不少人偷偷到钱智昌住的山洞前要吃的，钱智昌每次都没有让他们空手而归。他只是怕他们吃了自己给的食物，被传染上病。还有些人会偷偷到钱智昌的山洞前的树上偷玉米，钱智昌早上起来看到玉米

把动物当孩子待

少了，也不当回事，笑笑就过了。有一位叫罗上开的男人经常来问钱智昌要吃的，他告诉钱智昌，父亲饿死了，老婆的腿也肿得走不了路，家里还有4个孩子，自己也没力气了，实在没有办法才来找他。钱智昌就送给他玉米和土豆，他很感激，后来他一定要送给钱智昌一块小的石墨。但是饿得实在没有力气搬来，钱智昌就跟着他去了先锋公社。到了那里，他有一种“山中方一日，世上已千年”的感觉。这里的村民们，营养不良，手脚水肿，妇女停经，儿童消瘦，人死了也没人去埋，有的裹块布就烧了，有的就摆在那儿，没人管。看到这些场景，他感到可怕，也不明白为什么会这样。这么多土地，人又没有生病，为什么会落成这样的结果。那一刻，他突然产生了一种“我一个麻风病人不比正常人差”的自豪感和使命感。他尽力去帮助当地的人，帮助那些在饥饿边上垂死挣扎的同胞，让当地人对他另眼相看。他觉得自己很幸运，无论外面的天怎么变，他头顶的月亮很亮，星星很多。有一天晚上他数了半个天空的星星，居然有3000多颗呢，他曾经这样告诉我。

钱智昌一个人在山间生活，可他一点都不孤独。这里有狼、花豹，像孔雀一样美丽的山鸡，还有许许多多叫不出名的小鸟，它们会陪着钱智昌，给他最长情的陪伴。这里有三道弯的彩虹，有夕阳落山时的绚烂地光，还有“空山新雨后”的宁静，它们给了钱智昌世间极致的美好。地一块又一块地开，玉米一茬又一茬地收，日子一年又一年地过，心也一日比一日平静。

俗世中的我们总是步履匆匆，心浮气躁，房子、车子、票子是每天缠在我们心头的魔咒，驱赶着我们一刻也不敢停留，而山林似乎是静心的灵丹妙药。现在人们休闲度假，喜欢往山上跑，也是为了追求一种放松和平静。我一直想不通钱智昌身上的那种宽广、坚定和平和的心态是从何而来。直到看到了他居住的山洞，想起了我曾经住过的一晚山洞，才有了一点感悟。

那是在1987年秋天，因为要拍摄贡嘎山“日照金山”的美景，我参加完了海螺沟的开营仪式后，就在当地一位向导的带领下出发。要拍到理想中的美景，我们需要从海拔2000米的地方一直爬到海拔5300多米的一个山峰上。贡嘎山高峻挺拔，爬起来难度比较大，中途我们要寄宿在羌火棚的一个山洞里。山洞和钱智昌住的那个差不多大，穴洞比较高，人可以在里面直立行走，不用猫着身子，这让我很满足。洞口的左边有一股山泉，汩汩往下流，碰到小的岩石能溅起一朵小浪花，遇到大的岩峰就跳成一个小瀑布，很有意思。

向导背了锅，还带了腊肉，晚上我们在山洞里做饭。由于海拔高，煮出来的米饭都是生的，可是那是我一生中吃得最香的一顿腊肉饭，现在回想起来齿尖还留有余香。夜幕降临，天漆黑一片，没有月亮和星星。只有在这样的山林中才能体会到什么叫“漆黑如墨”，在城市里你是绝对看不到这么黑的夜空，黑得让我心里没有底。午夜天气突然变冷，气温降到零下，天空中纷纷扬扬地飘着雪花，顷刻间就覆盖整座大山。我借着手电的光看到向导蜷缩在“查尔瓦”（彝语“披风”的意思）里，用背贴在洞口，一动也不动。我让他靠近我一些，我旁边有煮饭时生的火，还有余热。他说什么也不肯，就这样坚守到天亮。

天亮了，雪停了，我提着摄影器材钻出了山洞，感受到了雪山的雄伟和大自然的宁静。贡嘎雪山群峰簇拥，雪山相接，真的是千峰万岭雪崔嵬。眼下一片琼树玉叶，萦雾成冰，玲珑满枝，如银阙瑶台，冰雕玉砌。

去往贡嘎山的途中

我不停地按下相机的快门，生怕它消失。当我转身的时候，突然发现有一朵冰花在晨曦下熠熠生辉，耀眼夺目。这是由无数冰晶凝结成的冰花，它紧紧地贴在了向导的查尔瓦身上。我恍然大悟，向导昨晚是用自己的身体挡住了洞口，挡住了风雪，把温暖带给了我，带给了一位昨天才认识的朋友。几十年过去了，虽然我现在仍然弄不清他的姓名，只知道他姓刘，但他身上的那朵冰花却永远开在了我的心里。

钱智昌在山洞独居了6年。6年中，他一直跟大自然在一起，享受到了大自然最纯净的洗礼。正在我写这段故事的时候，钱智昌给我来电话了，他告诉我听说收留他的那个好心人——杨明洞，还在，已经80多岁了。他说离开山洞60多年了，一直没有再见过。我当时很激动，告诉他等我今年4月去的时候，一定带他去实现他的心愿。

2016年的4月14日，我带着钱智昌经过一整天的寻找，终于在黄昏时找到了杨明洞的家，见到了86岁的杨明洞和他的老伴。一个甲子年后的今天，他们都变老了，钱智昌见到他们时，有许多话想说，似乎又说不出来，只是嘴里不停地说着："我叫小山白，是给你们放牛的小山白。"杨明洞有耳病，听不清钱智昌说话，但他的脸上露出的不仅是惊奇，更是激动。

杨明洞的老伴一边给客人倒水一边说："小山白啊，没想到你还活着，活得这样硬棒。"他们坐在一起，聊了很久，有往事，有现在，有未来。告别前，钱智昌从口袋里把早准备好的两百元钱交给了杨明洞说："来看你没有买东西，表示一下心意。"我在那间阴暗简陋的房间里拍下了他们60年后重逢的照片，这张照片可能是他们最后一次的留念。

1962年，三年困难时期过去了，农村经济开始复苏，各地开始大张旗

钱智昌去看望 60 年前救助过他的杨明洞

鼓地搞经济，钱智昌居住的那片森林要被砍伐。森工队在森林中发现了钱智昌，他们告诉钱智昌“现在已经有了治疗麻风病的特效药。政府把像他这样的麻风病患者都集中起来，统一治疗，而且森科洛村有许多像他这样的麻风病人”。那时候他四肢还在，可是一直在化脓，糜烂，钱智昌知道这样下去是不行的。所以，他就跟着森工队离开了山洞，到了森科洛村，开始了他又一段生命旅程。

古人说“山重水复疑无路，柳暗花明又一村”。钱智昌在生命绝望时，虽然无知却倔强地选择了“动”；在人生绝境中，虽然艰辛却平和地选择了“静”。这一动一静盘活了他的整个人生，而这一动一静也传达出钱智昌对待人生的态度。

油灯伴着钱智昌度过每个劳动后的夜晚

第三章　油　灯

对于大多数男人来说，陪伴他们从一个男孩成长为一个男人的是烟。青春片的固定桥段便是几个男孩子聚在一起，踌躇满志地吸一口烟然后被呛得咳嗽，却得意扬扬，这就是成长。陪伴着钱智昌从12岁走到19岁，从山洞走向村庄，从一个人走向一村人的是一盏煤油灯。人至中年，当男人们享受着“老婆、孩子、热炕头”的温暖时，陪伴钱智昌的仍然是那一盏盏煤油灯。

钱智昌有十几盏煤油灯，各式各样的。有玻璃瓶改装的，一个小玻璃瓶里面装点煤油，几根尼龙线绳编织一起做灯芯；还有老式传统的煤油灯，用一个玻璃罩罩着；还有青铜造的手提灯，上半部分被钻了一圈小孔透光……这些煤油灯是钱智昌的宝贝，他把它们当成儿子一样呵护。直到今天有了电灯，他还时不时拿出来擦擦灰，挑挑灯芯，就像一位战士时刻保养着自己的枪。

在我认识钱智昌的第三年，我突然想看看他是怎么在煤油灯下生活的，把它记录下来。我就拍摄出了这样的画面：凌晨4点，天还没有亮，一轮半月还挂在天边，整个森科洛村都在晨雾中静默着。钱智昌从睡梦中苏醒过来，他先在床边摸索了一会儿，摸到了火机，用它点燃了床头的煤油灯。微弱的灯光在窗格上跳动着，偶尔还能听到灯芯燃烧的嘶嘶的声音。钱智昌在橘黄的灯光下开始穿衣服，他穿衣服的动作很麻利，迅速把衣服穿在身上，和我们没有太大区别。在穿鞋子的时候有点麻烦，他必须用嘴和牙齿帮忙才能系好鞋带，动作配合协调，看得出这是长年练习的功夫。穿戴好以后，他会收拾床铺，把被子叠起来，虽然不是很方正，但是已经比现在很多年轻人强多了。这些都是在煤油灯的微光下完成的，一切都是那么自然，毫不别扭。早饭之前，钱智昌会先下地干会儿活，那天是浇地，来来回回挑了5担水，干涸的土地就湿润了，他说近两个月没有下雨了，要趁着早上挑水浇地，希望辣椒种能早日破土而出。看着钱智昌大清早利落地忙活，我突然觉得有一些羞愧。经常听到一些年轻人抱怨早上上班早，起不来，闹钟都摔坏了好几个。到了冬天，起床更是折磨，网上教大家跟瞌睡虫斗智斗勇的招数，总是引来一片热捧。

傍晚，日落西山，夜幕开始降临，忙碌了一天的钱智昌吃完晚饭终于有了闲暇时间。他点燃了煤油灯，坐在桌子旁开始了一天例行的学习，他比那些在学校里上晚自习的学生要安静得多，规矩得多。如果当年他能够继续读书，可能真的会是个深得老师喜爱的三好学生，也许他会考大学，会走上一条不一样的道路。

钱智昌是村里出了名的“文化人”，他识字，会看报，能帮乡亲们写信，这在以前都是秀才做的事情。钱智昌只接受了3年的小学教育，而且是20世纪50年代乡村的小学教育，按照教育程度来说他算是个“文盲”。而今“文化人”的身份都是他在煤油灯下，靠着一本新华字典，一个字一个字认下来、记下来、背下来的。现在，钱智昌几乎忘记自己连小学都没有毕业的事实，他读过了《三国演义》《大漠恩仇录》等小说。每次拿到书，他总是一遍又一遍地翻阅，其中一些精彩的章节都能娓娓道来。书看得多了，他开始给我写信，还自编了一些打油诗。

他寄给我的一篇叫《新旧社会的对比》自编歌词，到现在我都保留着。歌词是：

旧社会里害死人，麻风患者最低憎。

东跑西奔求活命，焚烧活埋不得身。

钱智昌用嘴系鞋带

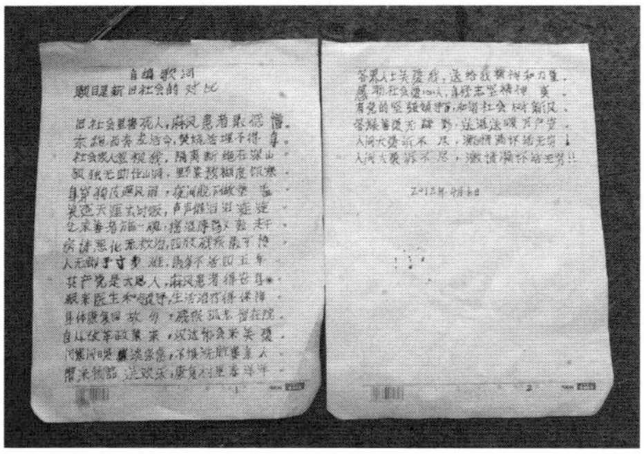

钱智昌创作的打油诗

钱智昌家床头的油灯

社会家人忽视我，隔离断绝在深山。
孤独无助住山洞，野菜熬糊度饥寒。
身穿狗皮遮风雨，夜间脱下做垫毯。
浪迹天涯去讨饭，声声催泪泪涟涟。
乞求善者施一碗，痞混辱骂又轰赶。
病情恶化无救治，四肢残疾最可怜。
人无脚手寸步难，最多不活四五年。
共产党是大恩人，麻风患者得安身。
派来医生和领导，生活治疗得保障。
身体康复回故乡，残疾孤老留在院。
自从改革政策来，汉达协会来关爱。
问寒问暖谈家常，不惧洗脏赛亲人。
帮来物品送欢乐，康复村里春洋洋。
各界人士关爱我，送我精神和力量。
感动社会爱心人，身残志坚精神爽。
有党的坚强领导，和谐社会树新风。
各族善爱无踪影，送温送暖万户安。
人间大爱诉不尽，激情满怀话无穷。
人间大爱诉不尽，激情满怀话无穷！

（2012年4月6日）

他曾经在信中这样写道：“黎巴嫩著名诗人纪伯伦在他的一首诗中写道：‘悲哀的创痕在你身上刻得越深，你越能容纳更多的快乐。’的确，我是深有感触。”当读到这句话的时候，我的眼睛湿润了，如果作为一个正常人我们会觉得他是引经据典，但是作为一个身残志坚的麻风病人，此刻我不知道该用什么样的语言来表达我对他的崇敬之情，这也是我多次前往看他，帮助他，和他交朋友的原因之一。

在钱智昌给我的信中，还有这样一段让我颇有感悟：“我想一个人活在世上，有苦也有乐，生命的绿流里往往也会有波浪，有涟漪；生活的道路上往往也会有陷阱，有崎岖；生活的道路上也会有无数的灯塔，也有流不尽的血泪……但我们有属于自己的太阳。”看完这些，我觉得钱智昌不仅是一个称职的高中生，更是我人生的导师。

20世纪90年代，森科洛村开始通电了，可是那时候电压不稳，灯泡的钨丝都是红色的，碰到刮风下雨、下雪打雷，甚至是无缘无故，就要停电。到2010年以前，当地人民主要的照亮工具仍然是煤油灯。所以煤油就显得格外珍贵。为了节省煤油，钱智昌经常把灯芯做得很长，烧一段时间再把灯芯挑长，这样火苗可以更大，光更亮。

现在的孩子可能已经不认识煤油灯了，它在我们这一辈人心目中就是光明的象征，是我们生活中的依赖，也是最宝贵的记忆。我小的时候，家里也有一盏煤油灯，晚上吃完饭哥哥姐姐们就在油灯下做作业。那时候，我读小学，基本上没有作业，我就在油灯下画画。就是那时候，我对图画有了兴趣，后来才学习摄影。这样一比较，现在的孩子很可怜，他们小小年纪，晚上却有很多作业，做都做不完，繁重的作业占据了他们的业余时间，让他们完全忽视了自己的兴趣，慢慢就成了考试的机器。我无意声讨当前教育，仅仅就个人经历顺带一提。

说起来也奇怪，那时候我们都是用煤油灯，也不怎么亮，我和哥哥姐姐们都不是近视眼。就连钱智昌，常年在煤油灯下看书学习，他现在72岁了，视力仍然很好，老远都能看到我。我前几天在小区里看到5个孩子，其中4个戴眼镜。这是为什么？

说到煤油灯，我又想起了让我感动尤甚的事情。2003年，因为摄影的机缘，我开始在四川的大凉山走访和记录麻风病人这个群体，了解他们的生活状态，了解他们的所思所想。在采访中，我第一次知道在布拖县的乌依乡大山深处还真实存在着一个40多年前建立的麻风村。我想下去看看，想了解这群人现在的生活状态。我打听了许多当地人，都说不清楚那里的情况，因为没有一个人敢走进去过，甚至提到麻风村，他们眼睛里就流露出无法抑制的恐惧。毕竟这里是麻风病的高发区，千百年来无药可治的岁月里，这种魔鬼一样的病留给人间的记忆实在太深刻。难怪有一位当地的机关干部，听说我要去麻风村，劝阻了我两次。后来他知道我去了那个村后，跟别人说："林强的脑壳是不是有毛病？他在成都过得好好的，为什么要去那个风吹来魔鬼的地方？我们彝族人不怕艾滋病，就怕麻风病。就算里面有一坨金砖让我们去拿，我们都不会动心。"

为了去麻风村，我足足准备了两年。2005年3月，我带着睡袋、干粮、水和药等物品，在宽度不到1米，60度的流沙坡上半滑半走了五个半小时。这条流沙坡的左边是险如剃刀的万丈深渊，右边是高耸入云的壁立千仞，再加上是下坡路，必须要严格控制脚速，稍有不慎就会葬身崖底。每一步，我的10个脚趾都要紧紧地抓地，就像爬山虎的脚。走了一段时间后，我的脚趾就乌黑了，尤其是大拇指，因为它比较厚，顶到鞋头里，瘀血堆积肿胀成一个小馒头。没办法，我就把鞋子前头剪了一个洞，让大拇指露在外面，解放它，就这样半挪半走地拖到了村里。

乌依乡的麻风村周围都是三四千米的高山，村子在一个凼凼里，可谓与世隔绝。进村的路难走，出村的路更是惊险，要徒手悬挂在溜索上，用滑轮渡过波涛汹涌的西区河，然后再翻山走4个小时的山路，才能到达金沙江边的小镇。由于险恶的环境和麻风病的存在，那里仍然保持着中国最原始的生活方式和最古老的原始生态。在那里，麻风病人以顽强的忍耐力和残缺的四肢花了40年的时间，开荒种地，生儿育女，繁衍生息。他们跟病魔作斗争，保存了生命；他们跟荒山作斗争，延续了生命。

来之前，我知道这里仍然是人民公社制度，一个壮劳动力一天10个公分的收入，核算人民币为4角5分钱。这个村一共有4个生产组，为了深入地了解这批麻风病人的情况，我必须每家每户地去走访，详细了解他们的情况，所以当时我计划在村里待一周。

我是下午到达村里的，村长就把我安排在村里最好的一间房子里过夜。走进房间，我一眼就看出来，这是村里的保管仓库，是村里唯一的一间瓦房。保管仓库里楼上楼下堆放着上千斤玉米棒子，这是村里全部的财产，是全村人一年的口粮。在楼上，村长给我找了一块竹编的门板，铺在玉米棒子上，这就是我的床。天渐渐黑了，村长告别了我，保管仓库里几乎没有窗，顶上也只有一个40厘米长的方木洞，晚上可以透进月光。天黑以后，我打开手电发现它不亮，原来是今天进村的时候，滑坡摔跤触及开关，电全部放完了。我赶紧换上了唯一一对备用电池，用电筒照了照四周的环境，脱下衣裤钻进睡袋，安心地躺在玉米堆上睡觉了。那天，天很黑，没有月亮，半夜间我被一阵又一阵窸窸窣窣夹杂着几声吱吱的声音惊醒。我吓了一跳，打开手电仔细一看，赫然发现一群老鼠在乱窜。不知道是我这个新人让它们有了新鲜感，要为我办接风洗尘宴；还是我抢了它们

一天的劳作只值 4 角 5 分钱

的地盘，要向我示威，总之这一宿它们就不停地在我头上忙忙碌碌，吱吱唧唧，吵得我无法入睡。说实话，一个人在偌大的仓库里，周围乌漆墨黑，还有一阵阵吱吱声，我心里还真是有点恐慌。我打开了手电筒，想让光亮给我一点安全感，还别说，有了光，老鼠们安静了，它们都回家休息了。我又迷迷糊糊睡着了，毕竟累了一天。第二天早上，村长问我休息好了吗，我说你给我的这间房，是个独栋别墅，睡在玉米堆上就像按摩床。唯一美中不足的是老鼠们太热情了，我有点招架不住。幸好昨天晚上还有手电筒，今天晚上就恼火了，手电筒没电了，就是不知道老鼠们今天晚上打算玩什么。村长直说“对不起，对不起，我们这里只有这样的条件”。

一进村，看到满眼的破草屋，泥土坯房，还有村民黝皴的脸，我就知道村长已经尽力了。所以我笑了笑，继续按照计划在村里走访人家，开始一天的田野调查。此次走访，主要是了解全村有多少适龄儿童没有条件上学，我想如果需要的话，我就在这里办一所学校。吃完晚饭，我正在琢磨晚上怎么办的时候，4个生产组都派人陆陆续续给我送来了油灯。这些油灯一一整齐地摆放在我的门前。我印象最深的是一个叫且沙莫次力的小女孩，当时她还没有满12岁。她是麻风村的第三代，是她的爷爷叫她送来了他们家最好的油灯。看着保管仓案板上7盏各式各样的油灯，我很感动，久久不能入睡。我知道油灯在当地很珍贵，他们平时自己也不舍得用，只有碰到喜事或欢迎尊贵的客人时才点燃油灯。对于一个交通闭塞，四面被深山包围的山村来说，换点煤油需要翻山越岭，飞崖走壁到镇上。那天晚上，我只点了小女孩家的一盏灯，算是领了村民们的心意。

仰躺在玉米堆上，望着跳动的灯火，16年前的一幕突然浮现在我的眼前。1989年5月，我在甘孜县的一个寺庙里，平生第一次看见成千上万盏同

2005 年，63 岁的麻风病人阿聪尔聪在房前拍了他有生以来的第一张照片

藏族人民对亲人表达哀念和祈福

时点亮的酥油灯。香案上、地上，一盏挨着一盏，一盏望着一盏，整整齐齐地排列着，连立足的地方都没有。晚上，万盏酥油灯同时点燃，照耀着整个经堂，让它亮如白昼，庄重静穆。酥油灯又称长明灯，喻佛性长明，智慧光明，愿求无上圆满智慧，做世间灯，普照一切。藏族人民通常会在亲人去世的时候为他们点上一盏酥油灯。他们认为人去世后要从阳间走向另一个世界，这段路是黑暗的。只有亲人亲手点上的酥油灯可以为逝者照亮这段路，让他们能够平平安安投胎转世。这是藏族人民对亲人表达哀思和祈福的方式。通常他们会在自己家里或者寺庙中点燃一盏或几盏酥油灯，但是万盏齐亮代表的是万民共祈福。我当时很好奇，谁有这么大的魅力?

我问在场的一位喇嘛：“这么多的酥油灯是为什么人点的呢？”他说：“是为当年的那位‘红小鬼’。”听到这个名字，我们同行的几个人眼睛都湿润了。我们都知道这位同志对藏区人民的关心和重视，这片土地曾经深深地牵动着他的心，这片土地的人民始终是他的一块心头肉。1935年，红军长征过草地时，他初识了藏族僧俗群众，当时藏族同胞的一块肉干、一坨糌粑都可能救活一条生命，一饭之恩永记在年轻的共产党人的心间。新中国成立以后，在解放西藏的动员大会上，他曾向军队发出这样的号召：“那里有350万人民还呻吟在反动封建势力的统治之下，过着非人的生活，迫切要求我们去解救他们。西康有49个县、45万平方公里土地，它的面积等于3.7个福建省，4个半浙江省，比四川省还大1/4，是祖国神圣领土的一部分。”正是这“像火一样的讲话，雷霆般的号召”燃烧和激励着每位战士的心。

改革开放以后，身为中央领导的他带着人民的疾苦和民声，第五次、也是最后一次进入藏区。这次他在大渡河的渡口处写下“飞身可夺天堑，健步定攀高峰”，在甘孜州提出资源要全民共享，在九寨沟建议让藏族同胞搞旅游，在阿坝州鼓励山民开辟多种致富门路。他对这里的人民始终充满着感激，对这片神圣的土地始终有着无以言表的责任感。这次他来藏区，在塔公草原和当地的僧俗群众手拉手跳锅庄舞，他曾激动地对藏族同胞说：“当年没有你们的帮助我们红军过不了这块草地。”藏族人民对这位‘红小鬼’同志也是倾情相与，爱护有加。当时，藏区的道路比较崎岖和颠簸，有些路段甚至泥泞不堪，为了防止这位领导人的车陷入泥淖中，当地群众自发地连夜把家里的藏毯拿出来铺路。1948年，苏皖地区的人民群众用88万辆小推车支援前线，推出了淮海战役的胜利；1985年，康巴地区的藏族同胞群众用百家藏毯修补泥坑，铺出了“如砥周道”。

今天那些酥油灯，既是人民对他的报答，也是他对人民的深爱。我看着那些酥油灯，心里在想，这位把一生都献给自己人民的老人会多欣慰啊，那么多的藏族同胞在为他送行，他通往另一个世界的那段路将会多么光明！他应该是笑着走向人生的彼岸吧！

回忆着酥油灯的故事，看着眼前的煤油灯，我突然觉得身上充满了力量。我还没有为他们做什么事情，他们却已经捧着一颗真心回报我。我只有努力地为他们做点什么，才能对得起这份真心，对得起这份感激。于是，经过走访，我了解到他们第二代麻风病人基本上都是文盲，现在第三代已经到了适学年龄，却只能在田间地头玩耍或劳作。我下定决心要为他们建一所学校，为他们点燃希望的火把，开启跳跃的龙门，铺筑远望的台阶。

佛法讲“众生度尽，方证菩提”。帮助别人很多时候不是助人，更是度己。我对钱智昌的帮助，我对麻风村的关注，都得到了爱的回报。这将会是我一辈子的财富，无法用金钱衡量的无价之宝。

20 世纪 80 年代，两位藏族老人听说中央领导的车要经过家乡，手持山花表达衷心的感激

“纯人工玉米播种机”

第四章　嘴里吐出来的玉米

38年前的1979年，我还是一名军人。那一年，我参加了全军第四届运动会，在运动会上，我打破全军田径“十项全能”纪录，荣立二等功，获得了两百元的奖金。我用这笔钱买了一台双镜头的海鸥牌国产照相机，没想到正是这台照相机唤醒了我幼时对图像的梦想，它改变了我预定的生活轨道，让我正式迈进了摄影这道门槛。

30多年来，我利用节假日和工作之便，长期行走在中国西部的神山圣水之间。贡嘎山、冈仁波齐山、珠穆朗玛峰、玛旁雍错、羊卓雍湖、大渡河等，每一山、每一水、每一城、每一村都让我流连忘返，魂牵梦萦。有些地方我反反复复去过十几次，每一次离开后总想着下次再来，总觉得不够，还不够，我弄不清那些地方有什么魅力让我如此留恋。直到我认识了钱智昌，跟他交了朋友以后，我才明白：那里的每一个村寨，每一位山民，那里的一山一水，一草一木，对我来说太亲切了。我虽然身在成都，但是我的心却远在山村，那里是我心灵的家园。

城市里的我，忙于工作，忙于生活，身体行走于世，心灵却无处安放。每一刻都有领导、同事、亲人、朋友以及叫得上名字、叫不上名字的人鞭策着我忙碌。每天一睁眼，就有无数的事情摆在眼前，当晚上躺在床上时，只剩下疲乏和困倦。而雄伟的山峰、翠绿的湖水、宁静的村寨、淳朴的山民能洗净心灵的尘埃，让我安静，让我沉醉。就是这份渴望让我不惜舟车劳累，一遍又一遍走进山村，走近他们。

在我去过的那些村庄里，让我最动情的是康复村，当地的人叫麻风村。麻风，一个让几代人毛骨悚然而遥远的词汇。这么多年，这个词和它对应的苦难，已经远离了我们的生活，远到已经不属于人间了。

麻风病，曾经让多少人妻离子散，家破人亡，曾经让多少人闻风丧胆，争相奔逃。它曾是历史上最恐怖的病原，任何人只要感染都会立刻被族群用不同的方式逐出人间。全世界莫不如此。

麻风病，在我童年的记忆中，是恐怖的代称，直到我亲眼看见那些身带残疾的老人，才真切感受到它到底有多恐怖。20世纪30年代，在我们国家许多地区，麻风病人还被活活地捕杀，仅仅是因为有传染性。恐惧使人远离了本就不幸的人，让这些不幸的人除了承受病痛的折磨，还要接受亲人的割弃。

新中国政府没有抛弃过这批麻风病人，今天所说的麻风村是早在20世纪五六十年代，为了保障麻风病患者的生存和控制疾病的传播而建立的，这种隔离治疗对当时贫困的中国来说，是有效的方法。这个方法使今天的中国人永远地远离了麻风病曾经的肆虐。为了我们和我们后代的健康，每一位麻风病人都是有功的人，让我们对都已老迈甚至故去的他们心怀感激。为了这种感激，我去过四川凉山州的一个又一个麻风村，去帮助他们的孩子，让他们的孩子认识国旗，教孩子们认字，让孩子们能有与外面的孩子平等的机会。

当今的医学手段已经完全控制了麻风病的传播，我们接触他们已经没有被感染的危险了。我拉过那些老人的手，就是这样一个来自外界的简单问候，竟让他们泪流满面。他们太需要来自健康人群的关心，这是我们能够给予他们的。

在我接触的麻风病人中，钱智昌是最让我感动和敬佩的。我还清楚地记得那是在2007年，在凉山普格县的一个偏僻山村。夕阳投射在贫瘠的山梁上，黄褐的土地顿时变成了橘红色，我站在山梁上远眺，突然被一个老人赤裸着上身，双膝跪地的劳动场面吸引。我用照相机拍摄了这个画面。后来我才知道这位老人叫钱智昌，而这张照片也是他有生以来第一张

改变我生活的一张照片

钱智昌为玉米施肥

照片。当时我仅仅是出于一个摄影人对镜头创作的冲动，顺手给他留下影像，结果他却把我带入他的生活，让我数十次地来到这个麻风病康复村。

在这个村里，每当我与他接触交往的时刻，每当我拿起相机记录他艰苦生活的时刻，就会感受到心灵的洗礼。这种感受来自钱智昌的坚忍、善良、淳朴和高贵。他一头拴着麻风病带给他的残缺肢体的现实，另一头系着对美好生活的向往。他让每一个有勇气的人，在与他交往中都净化了自己的心灵。

钱智昌曾经开垦了很多荒地，后来为了响应国家“退耕还林”的政策，主动把他开垦的荒地都种上了桉树，他说我要让我们的青山绿水常在。后来，一位村民因为外出打工，家里的地荒着，钱智昌就跟人家商量承包他的地，每年交100斤玉米给地的主人。虽然是别人的地，可是钱智昌很珍惜，每天起早贪黑地在地里劳作，播种、施肥、除草、除虫，直到丰收。这个过程我全程都用照相机记录了下来。

播种那天，我去了。我其实是想看看钱智昌，一个没有手、没有脚的人，是怎么独立耕种玉米的，而且听说他种的玉米总是丰收。40年前我在农村插队的时候也种过玉米，那个年代都是生产队集体出工，男人会排成一排，在翻好并培好的土地上按规定的行距挖上一个又一个的坑，妇女们紧随其后，从胸前围腰的口袋中掏出玉米种，按每次4到5粒的数量分撒在刚挖出来的坑里，男女之间配合默契。也是那个时候流行开一句话，“男女搭配，干活不累。”这种方式还是解决当时男女婚配问题的良策。

钱智昌说他是用嘴来种地的，这让我无法想象。一大清早，天刚擦出一点亮，他就扛着他自己设计和改装的播种工具出发了。他的挖锄把上有两处自制的牛皮圈，圈的外边用细棉布包扎好，他把没有手掌和手指的

要播种了，出发了

“秃掌”伸进皮套里，这样一是能固定好手与锄把的位置，二是更方便用力。从他挖地的动作上看，完全看不出来他是手脚残疾的人。他抬锄、挖掘的动作都十分流畅，行云流水般自如。但是仔细观察，能看出他的手肘比正常人要厚很多，那里有一层厚厚的老黄茧。

播种的时候，他还特别制作了一个20厘米高，25厘米宽的小背篓。他把背篓用绳子系好后搂在腰间，里面装满了玉米种，然后再用朴质的小铝瓢从腰间的背篓里舀出玉米种放在嘴里，嘴里一次能含四五十颗玉米种，挖一个坑就往里面吐一次玉米，我见他的舌头、牙齿和嘴唇配合非常默契，从嘴里吐出的玉米种几乎都是四五粒，不多不少，很均匀，好像嘴是一个发射器，大脑一发令，各器官协同作业。看起来很简单，而且很有意思，所以我也想尝试一下。结果我要么卡壳，半天吐不出来一粒；要么一秃噜，一下子全出来了，完全不像想象中的那样简单。我不知道钱智昌是怎么发现这个窍门，又是怎么练就这样的本领，我对他的这种播种方式佩服得五体投地，也从他的身上再一次感受到人的无穷潜力。

播种的那一天，我给他买了很多矿泉水，我想长时间的口腔运动肯定会使嘴里消耗大量的唾液，补充水分口腔才能不断地新陈代谢。播种时他无法跟人说话，我见他嘴里的玉米吐完后给他送水，叫他慢慢来，他对我说雨季快到了，估计今晚或者明天就会下雨，必须赶紧将玉米播种下去。我看他这么辛苦，而且这么着急，就想着帮他挖坑。他指着右边的地说：“昨天已经种了一半多了，今天再有两个小时就会全部种完，你拍照辛苦，跳上跳下的，衣服都被汗水打湿了，你就别忙活了。你要是拍完了，就在旁边的树下休息等我，我们再一起回去。”

他的好意我心领了，可我总觉得他一个手脚残疾的人在忙碌，我却在旁边坐着耍，说不过去，也做不出来。我就随手拿起装玉米种的提篮，钱智昌每挖一个坑，我就马上往坑里放5粒玉米种。我们俩配合得很顺畅，工作进展得很快，但是我心里总不是滋味。我与一位四肢残疾而且年龄还比我大10岁的麻风病人一起干活，我干的却是妇女们干的活。我倒不是歧视妇女，就是我一个四肢健全的大老爷们在钱智昌面前显得很柔弱，而且钱智昌还不停地跟我说谢谢，好像我帮了他多大的忙一样，这让我心里很羞愧。

不久的过去，是这些麻风病人远离了亲人，远离了现代人的生活，才让我们摆脱了麻风病的威胁；而今，当我们有条件回报他们，有能力让他们在生命的最后阶段过得好一点的时候，钱智昌又一次用行动教育和感动着我们。

玉米成熟的时候，钱智昌打电话告诉我，今年玉米长势很好，一定会大丰收。我知道他是想有个朋友能跟他一起分享这份喜悦，这也是我的想法。于是，等到玉米收割的时候，我又去了。

钱智昌在我们去之前已经做好了准备，他把弯刀磨得铮亮，给大背篓换上了新背带。为了背玉米下山时保护他的双膝，他已经把两个膝盖用厚厚的软垫贴上，而且用十几米长的绳子绑得结结实实。从他家到玉米地，大概有半个小时的脚程，而且都是上坡路，有好几处坡度都在50度以上，再加上都是石砂坡，很滑，又很糙。这条路我走了十几次，好几次摔得两脚朝天，所以这次我格外小心。

到了地里，放眼望去起伏的山丘上一片黄灿灿的玉米棒子，没想到120天前从他嘴里吐出来的玉米长得这么好，这是钱智昌辛勤劳作的最大收获。当时，同行的村长说全村都找不出第二家这么好的玉米。我们还在感

钱智昌用嘴拧毛巾擦身

钱智昌种出来的 30 厘米长的玉米棒子

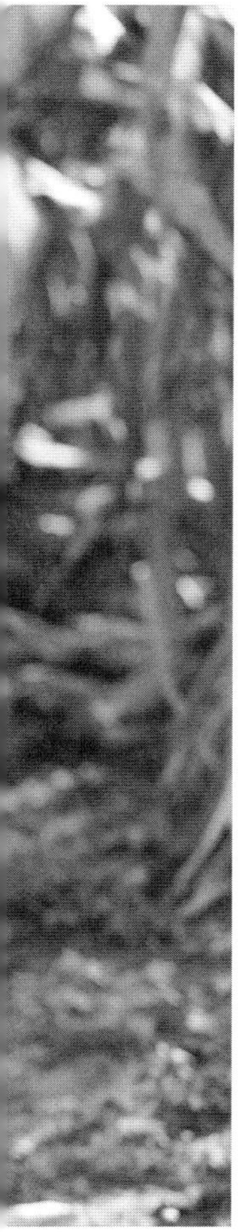

慨中，钱智昌就开始收割玉米。他掰玉米特别快，一个胳膊揽着玉米秆，另一个手掌一用劲，只听“咔嚓”一声，玉米穗子就掰下来了。碰到穗子太大的，穗子与秆连接太结实的，他就用嘴帮忙，手嘴并用，不到半个小时，100多斤玉米棒子就堆在身边了。然后他把玉米棒子整整齐齐插在大背篓里，背在身上。我问他这一背篓有多重，他说大概有120斤，因为玉米棒子都是湿的，格外的沉。很难想象一个68岁四肢残疾的老人是怎么背起这么重的背篓，而且一路背回家。

在我拍摄他背玉米回家的过程中，好几次都想过去帮他一把，可是他都拒绝了，他说这并不是他背得最重的一次，他还可以背150斤呢。在那条山路上，他双膝跪地，背着120斤的大背篓，只能用两只无掌的手撑在前面，四肢交叉前进。他每一步都走得那么艰难，却又那么沉稳。遇到路窄或者拐弯的时候，他就会侧着身走，根据地形变换，他还会跟着改变速度和方式，智慧极了。路上有一段是很陡峭的下坡，我们走下去都得小心翼翼，我很担心他背着那么重的东西怎么下。只见他背过去，躬着身，让身体的重心向前，一步一步退下去。当我们随行的记者向他竖大拇指，问他怎么想到的时候，他说：“只要你想做，啥子都能做，只是做起来慢一点。”

到了台地，他休息的时候，我发现他的衣服全都被汗水打湿了，他却说这不算累。那天刚下过雨，路很滑，好几处的稀泥坑有十几厘米深，他就这样在稀泥里背着大背篓一趟又一趟地往返。第二次背玉米的时候，我跟他一起搬，看着他的艰难，我拍不下去。我比他小10岁，年轻的时候还是个运动健将，可是等我们把玉米全都搬回家以后，我觉得身子像散了架，瘫在地上不想动。而钱智昌却立刻坐在门前，和王昭芬一起剥玉米。脱掉玉米皮，一颗颗饱满的黄灿灿的玉米粒露出，我的心情很激动，所有的疲劳被赶走了，我真为他感到高兴。钱智昌的表情却很平静，不悲不喜，好像一直都是这样的，没什么。

看着钱智昌耕地播种，收获丰收，一种难以言状的羞愧感涌上心头。以前，在潜意识里，我一直把他当成一个残疾人，一个需要我帮助的朋友，这是一种无意识的优越感。可是，他并不比我们差，他比我们能干，比我们勤劳，甚至比我们更智慧。为了求生，他种粮食；付出了心血，他收获了满仓的玉米，一切都是那么顺理成章，没什么的。所以他从来不向社会诉苦，他照样生活得很好；当他遇到困难了，会自己想办法解决，仅此而已。

后来，钱智昌告诉我，从改革开放分到田地的这20年来，他的那把锄头就没停过。为了节省时间，大多时候，早上他就喝一碗燕麦糊，中午炒个面，只有晚上才正儿八经吃饭。他说："我四肢残疾，干得慢，就只能抓紧时间干。"除了村里分给他的6亩地外，他自己还开了20多亩地的荒，最多的一年他可以出售上万斤玉米，收成不好的年份也可以出售七八千斤。

没有人知道未来会发生什么，钱智昌在12岁之前也没想过自己会得麻风病，会离开家，会有这样的人生。我们也不知道下一秒会发生什么，也许仍平平淡淡地过，也许会有各种变故：地震、火灾、恐怖袭击、病痛……世事无常，有些事是不可控，唯一可以控制的只有自己的心。现在社会上充斥着太多的抱怨，可当一个人真正处于逆境，或者认为自己环境很糟糕想要崛起的时候，根本没心情在那哭哭啼啼，也没心思问来问去该怎么办，更没精力在那怨天尤人，叽里咕噜的肚子逼着他们只能挥起锄头劳作。太多的心灵鸡汤教育人要勇敢面对困境，太多的榜样告诉我们要直面人生的事故。其实，不需要勇敢，不需要勇气，只要淡定一些，看得开，一切都是浮云。

乡长阿什子崇说钱智昌种的玉米是全县最好的

第五章　30年的伴侣

钱智昌艰难地过着自己的生活，一个人在世上赤条条地来，也要赤条条地走。可是一位老人却给了晚年的钱智昌一份慰藉，一份陪伴。她是一个比钱智昌大14岁的苦命老人，钱智昌收养着她，她陪伴着钱智昌，也仅仅是陪伴。

老人叫王昭芬，1930年生，汉族，四川西昌人。王昭芬和钱智昌一样都是苦命的人。7岁时，她的父亲就去世了，13岁的时候，母亲也撒手离开了人世。14岁，她流浪到了普格县森科洛村，遇到了一个叫卢国举的人并收留了她。3年后，王昭芬嫁给了卢国举，给他生了一对双胞胎儿子，一个叫卢双国，另一个叫卢双颜。卢国举在王昭芬30岁的时候因病去世了，王昭芬一个农村妇女把两个儿子抚养成人。而且在王昭芬的张罗下，两个儿子在彝族聚居区相继成了家，娶上了媳妇。要知道，在当地能够娶上媳妇是让很多人羡慕的事情。因为娶媳妇要给娘家彩礼钱，而且这个彩礼钱数目不少。森科洛村的人们至今仍然遵守着这个习俗，那时候王昭芬为了给两个儿子娶媳妇，彩礼钱全都是借的。王昭芬一个农村寡妇，大字不识一个，靠着一亩三分地能把两个儿子养大已经不错了。而且，当地虽然是山村，娶媳妇也是不便宜的。

去年我去阿布洛哈村，我的一个学生叫吉见尔贵。2005年林川学校开学的前一天，他刚满16岁，个子有1米7左右，当时他读小学一年级。半年后，他给我写了一封信，信中称我为“林爸爸”，信的内容我还清楚地记得。吉见尔贵这样写道：“过去我们这里没有学校时，我在家里放牛，把1看成一根树，把7看成一把挖锄。现在我已经能认识500多个字了，能算数了。我会好好地学习来报答你给我们办的学校。”吉见尔贵是那个班的班长，是全中国在册年龄最大的小学生。他去年结婚了，娶了他的同学，他

我烧火，你炒菜

两位七八十岁的老人携手劳作

的彩礼大约是18万，因为他的媳妇是初中生，在当地算是文化人。

王昭芬为两个儿子娶上媳妇，借了不少钱，儿媳进门后知道家里很穷，还要还款，就不高兴了。彝族媳妇不洗碗，王昭芬看不过去，说她两句，她就拿刀冲着王昭芬嚷嚷。后来，双胞胎儿子很快都有了孩子，婆媳之间矛盾越来越大，经常为一些小事打闹，好几次把王昭芬的铺盖扔出去，把人赶出家门。王昭芬只有把泪往肚子里吞，她心里的苦水无法跟周围的村民吐露，更怕说出来后别人会笑话她，再加上森科洛村95%的人是彝族，不仅语言交流有障碍，想法上更是不一样。就这样，她找到村里被称为好人的钱智昌，向钱智昌诉苦。钱智昌吃过苦，所以很同情她，会经常开导她，有时还会给她出一些主意。钱智昌经常劝导王昭芬不要去跟儿子和儿媳妇计较，毕竟是自己的孩子。可是王昭芬家里的矛盾却始终无法调解。

2007年我第一次见到王昭芬是在钱智昌的家里，她就住在钱智昌隔壁。第一眼，我把王昭芬当成了钱智昌的母亲，她看起来很苍老。后来我发现钱智昌对她很尊重，很关心。前一天王昭芬吃坏了肚子，当天拉肚子，跑了很多趟厕所，我看到钱智昌给她找药，找好药还提着水壶把水倒在铝制的水瓶盖里，等水凉了才把水递给王昭芬，让她吃药。这个细节让我感觉很温馨。

那天，王昭芬看见家里来了客人，也很激动，她告诉我“今天上了五六次厕所，拉的全是水”。我了解这种情况后，马上去村上的卫生所给她买拉肚子的药。走之前，我问钱智昌这位老人是谁，他说是他老伴。以前钱智昌告诉过我他没有结婚，也没有孩子，今天突然又说这个陌生女人是他老伴，我觉得很纳闷。

我在村卫生所找药的时候，顺口向汤医生打听钱智昌和王昭芬的情况。汤医生比钱智昌小几岁，他告诉我：“钱大哥是好人，是他解决了卢家的困难，没有钱智昌的帮助，王昭芬活不到现在。如今王昭芬80多岁了，干不了多少活，钱智昌还仍然供养着她。”我问汤医生他们俩是什么关系，他说他们在一起生活20多年了，应该是一家人。

汤医生是森科洛村最年轻的麻风病康复者，他没有明显的残疾，因为进村的时候年纪小，干不动农活，又有小学文化，被村里挑选出来做护理治疗工作。2005年又被凉山州麻风病康复中心培养为麻风康复者残疾病人的护理人员。他说起钱智昌时很激动，他说钱智昌帮助过他，在他最困难的时候钱智昌借过钱给他。听说是钱智昌家的人生病了，他说什么都不收钱。我把药钱交到他手上，说：“你不收下药钱，我只有又跑20里地到县医院去买药。”他把药包好以后给我，还说晚上抽时间过去看钱智昌和王昭芬。

我拿着药很快地又回到了钱智昌的家里，钱智昌服侍王昭芬吃了药，就开始给我讲他和王昭芬的故事。

钱智昌现在住的房子是20世纪80年代初政府给麻风病五保户修的，一共修了两排，每一排是8间，两排之间有一个石子和泥土打的空坝子。这样的房子在当时让全村的人都很羡慕。按照规定，房子是分给那些患有麻风病、没有成家、丧失劳动力的人住，所以钱智昌就分到了其中两间。钱智昌搬进这个房子以后，只住了一间，另一间作为农具、杂物的储藏间。钱智昌同时也分到了6亩多的山地，他不仅把这6亩地种上了玉米，而且还开了不少荒地，每天都是早出晚归。

有一天夜里，王昭芬的两个儿子找到了钱智昌，说母亲是汉族，很勤劳，能帮他做饭，还能帮他洗衣服，让钱智昌收留他的母亲。钱智昌知道王昭芬跟儿媳妇经常打闹、被儿媳赶出来的事，知道她的艰难处境，也很同情她，于是答应收留王昭芬。他把他的储物间腾了出来，作为王昭芬的卧房。从此他们就生活在一起。

他们俩在房间外面搭了一个小棚作为厨房，王昭芬开始为钱智昌做饭。从那以后，钱智昌每天劳作回来就能吃到热腾腾的饭菜。那一年，王昭芬58岁。

他们俩都吃过苦，能互相理解，相互照应，自然相处得很好，日子虽然过得很清贫，也可以算是举案齐眉了。两人就这样相扶相持，一起生活了20多年。在我认识他俩的10年里，我用镜头捕捉了他们日常生活的场景。有一次王昭芬发烧躺在床上，钱智昌拄着拐棍，跪着走到村卫生所找汤医生。他的家离卫生所有很长一段路，而且平时医生忙于看病，不上门就诊，钱智昌就饿着肚子等到医生把当天所有的病人看完，再带汤医生去家里给王昭芬看病。

钱智昌在地里干活的时候，王昭芬也会算好时间，给他送热水。有一天，夕阳下我拍到了一张王昭芬给钱智昌送水的照片。那天太阳很大，天上几乎没有云，明晃晃的阳光直射大地，钱智昌赤裸上身，跪在土里挖地。他告诉我，过两天要下雨了，要抢在下雨前把地全部翻出来，下雨的时候就可以播种玉米。我连续按下相机的快门，想捕捉更多他挖地的精彩瞬间。一会儿，王昭芬来了，我一眼就看见她手里拿的那个塑料水壶，因为那个水壶我太熟悉了，它是我去年离开时，留给他们的。正好，他们用上了。王昭芬走到他的身前，拧开水壶盖说：“水不烫了，凉了好久。”钱智昌把这一壶水全喝完了。他对我说太阳大，出汗多，他一天劳动要喝

4壶水。就在喝完这壶水，钱智昌把水壶递给王昭芬的那一刻，我拍下了那张照片。我翻看那张照片的时候，会有一种无言的温馨，借用一句流行语：“陪伴是最长情的告白。”

在我的镜头里，保存着很多钱智昌和王昭芬在一起的画面，有钱智昌行走的时候，鞋带松了，王昭芬蹲下低头给他系鞋带的场景；有钱智昌播种回来后，王昭芬给他泡脚的场景；还有晚饭后钱智昌给王昭芬读报纸的场景。我们常常认为这是夫妻之间才有的和谐，其实两个苦命的老人之间的相依相伴更让我感动。他们之间没有夫妻的实质关系，也没有法律关系，只是陪伴、照顾、关怀、爱心，构成了这个幸福自然的小家。

一天的田地劳作结束后，钱智昌一般都会坐在门前泡脚。他用没手指的手配合牙齿和嘴唇，把绑在膝盖上的绳子慢慢松开，然后又一层一层地取下护膝用的布垫子。钱智昌没有脚趾和前脚掌的双足展现在我面前。因为长年累月地绑扎在厚厚的垫子里，他的双脚显得格外白皙，与他身上其他裸露在外的皮肤很不协调。不过他的双脚上也布满了又厚又硬的老茧和麻风病治愈后的伤疤。这些老茧和伤疤向我们展现了钱智昌沧桑困苦的大半生。

钱智昌在洗脚盆里用两只小木棍一样的双足互相摩擦脚掌，静静地用热水泡上十来分钟，这个时候是他最放松的时刻。王昭芬收拾好屋子后都要坐在他的身旁给他按摩双脚。我看见王昭芬先小心翼翼地擦干他的脚放在自己大腿上，然后慢慢地为他推拿按摩，敲打他的小腿，按压他畸形的踝关节，轻轻地抚摸他的老茧和伤疤。王昭芬虽然没有学习过专业按摩，但她却用落后的森科洛村里很少听说的“按摩”这个行动为钱智昌祛除疲劳。在镜头里看到这个场面，我不知道应该用什么样的手法来表现，最后

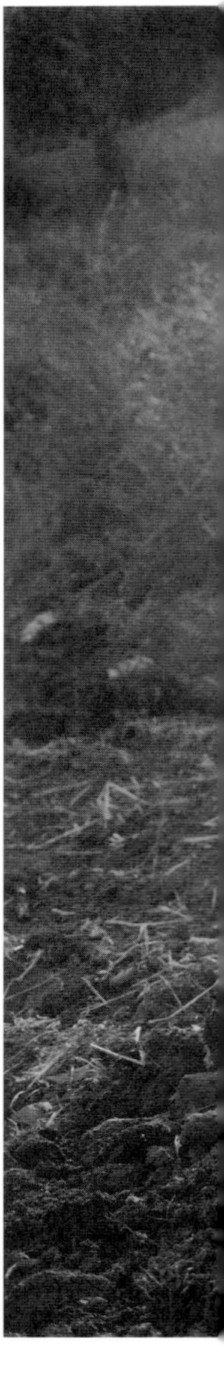

钱智昌在地里干活，王昭芬给他送热水

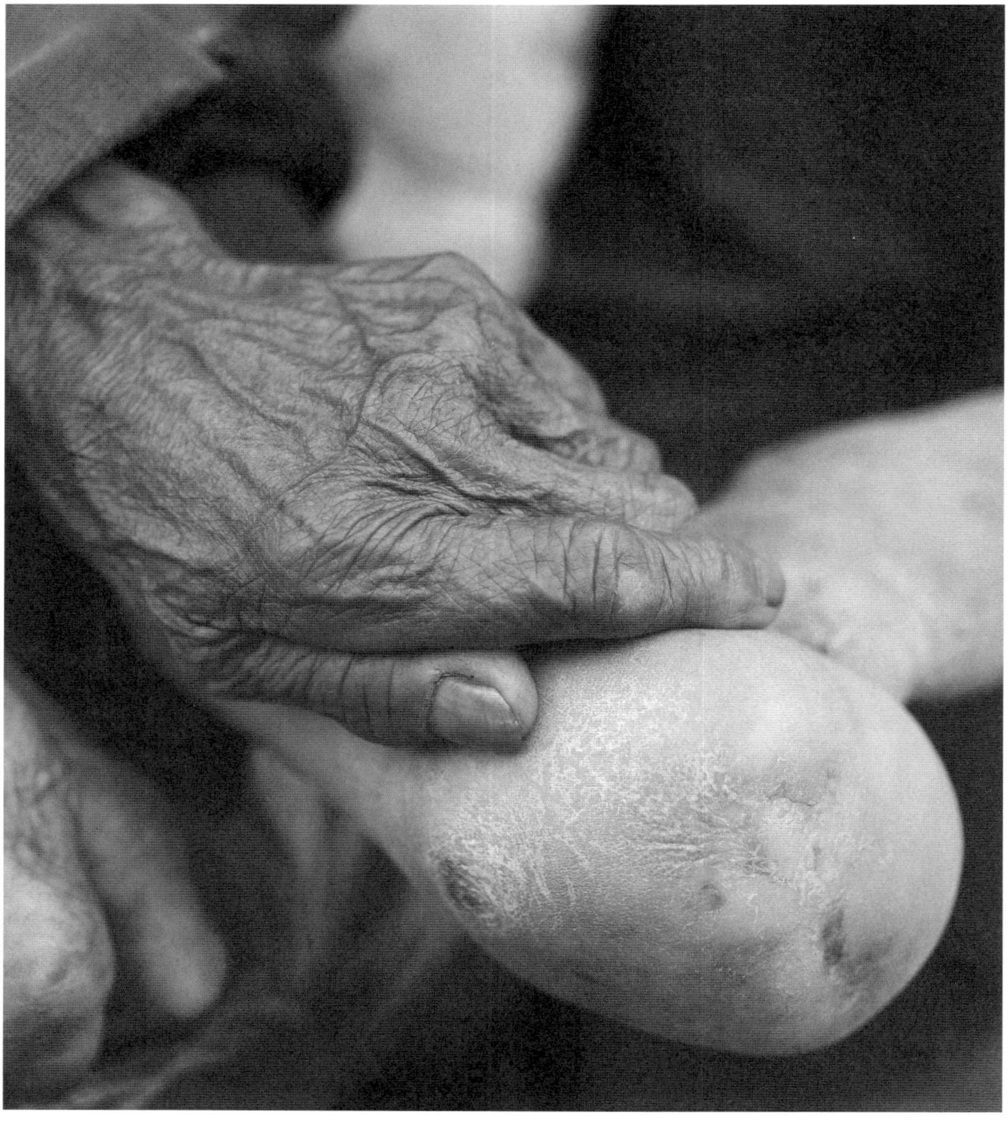

王昭芬为钱智昌按摩脚

我选择了局部特写，只选择了健全而乌黑的手与残疾而白皙的脚，我相信看过这张照片的人都能想象到这两位老人当时的生活情境。在按摩的过程中，钱智昌经常会把眼睛闭着，他在享受浮生中难得的轻松，王昭芬会时不时关切地问这问那，也会随手为他驱赶趁机歇在他身上的蚊虫苍蝇。

作为一个农村妇女，王昭芬不会说什么感恩的话，就用行动表达自己的心意，对钱智昌、对我的感激之情。钱智昌这辈子没有戴过手表，他看到我戴的手表就感觉很奇怪。我告诉他这个表可以看时间，而且有闹钟，还带夜光的，晚上也能看清。他听了以后，很羡慕，我至今回想起他当时那种“我也好想有一个”的眼神，都觉得很有意思。这就是真实，淳朴，不藏着，不掖着，就像小孩子看到想要的玩具一样渴望。第二次我就给他们送了两块手表——一对情侣表。钱智昌很珍惜，时不时低头看手腕，晚上还要小心翼翼地擦拭，但是有一次劳动的时候，手表弄丢了。王昭芬知道以后，她怕自己的手表也丢了，就把表贴身放在她的前胸口，每次我来的时候，她才拿出来戴。后来有一次我过去，她问我表为什么不走了，原来是没电了。钱智昌也是，每次我送他东西，他都是很珍惜，很爱护。我送他们帽子，钱智昌很喜欢，连睡觉的时候都会戴着。这些都是小东西，不值几个钱，但是他们却把它当成珍宝一样珍爱着，让你觉得付出的心是真的会被珍惜的。

写到这儿，我突然想起一件让我啼笑皆非的事情。上一次，我去看望钱智昌，到了以后发现他俩之间有点不对劲，两人都不怎么说话，好像在冷战。我悄悄问钱智昌怎么了。原来前天晚上，钱智昌给王昭芬读报纸，说到国家现在重视传统文化教育，又提到“百善孝为先”，说现在有一档关于孝道的电视节目很火，满满的正能量之类的。王昭芬听了就不高兴了，说这都是骗人的，她儿子、儿媳妇就不管她，就不孝顺她。钱智昌就说她儿子还是孝顺的，就是没办法，儿媳妇也挺不容易的，你应该多体谅体谅他们。王昭芬更不高兴了，气冲冲回了屋。今天早上起来，也不跟钱智昌说话。钱智昌跟我说，其实他能理解王昭芬的委屈，也挺同情她的。吃完晚饭，钱智昌要泡脚，王昭芬又过来给他按摩，两人有说有笑的，又和好了。我看着他俩，觉得挺欣慰的，为他们感到高兴，这就是平常伴侣的生活，吵吵架，拌拌嘴，磕磕绊绊却不离不弃。我也能理解钱智昌说的“她是我的老伴”这句话的意思了。可不是老伴吗？老来相伴一生！

钱智昌曾经还跟我说过，王昭芬这几年身体一直不太好，夜里都需要钱智昌服侍她上厕所，甚至倒屎倒尿。钱智昌说如果王昭芬走在他前面，他一定要按照当地彝族的习俗为她送行，要杀多少头猪，宰多少头羊来祭奠她。钱智昌的话让我很感动，他是个有情有义的汉子，他们虽不是夫妻，却胜似夫妻。

在我的相机中，一直存着他俩这样一张照片：夕阳下，钱智昌坐在石凳上，王昭芬背靠着树干，他们深深对望，聊着家里的柴米油盐，村里的家长里短。画面是那么唯美，生活是如此平淡。大千世界，形形色色的人生，都是在平淡中填满自己的行囊，让行囊饱含着真情与深情。面对人生的坎坷，生命的苦难，我们何不从容地生活，望天外云卷云舒；淡定地生活，看庭前花开花落。

夕阳下的守望

色嘎以忠诚和勇猛无畏赢得了当地人民的喜爱与尊敬

第六章　生长在大凉山的藏狗——色嘎

钱智昌有一只狗，叫色嘎，是2008年我送他的。如今色嘎也应有10岁了，因为这条狗，让我与钱智昌建立起了多年的友谊。说起这条狗，真的有说不完的故事。

2008年，拉萨“3·14”打砸抢烧事件后，我参加了“四川省委藏传佛教寺庙法制宣传教育工作组”，并担任了色达县和炉霍县的两个工作组组长。那段时间，我每天在这两个县与当地乡村干部和群众同吃同住，与寺庙里的活佛和僧尼进行面对面的沟通，对当地群众进行法制宣传，化解汉藏民族之间的矛盾。由于2007年中央各大媒体对我为凉山麻风村建学校、修公路等事迹进行了多次报道，所以当地的僧俗群众有许多都知道我，相信我，因此我就有条件了解和听取到比较多的第一手情况。在我的呼吁帮助下，我们为炉霍县宗塔乡的村民打了深水井，解决了他们常年吃水困难的问题；为他们修通了进出乡的道路，解决了道路不畅的问题。在半年多的时间里，我先后去了十余所寺庙，多次与当地的僧俗进行交流，大家说出了很多心里话，也谈了彼此之间的顾虑，还有对宗教和习俗的一些误解等，就这样，我与宗教界的活佛、格西、堪布等20多人交上了朋友。通过我和当地党委政府与僧俗的这种面对面的真诚交流，当地人民也感受到了我党的真诚，感受到了政府的真心，修正了他们在某些问题上对党和政府的民族政策的误解，化解了他们对党和政府的一些敌意。

当我离开村里的时候，村民和僧俗们送来了哈达、酥油等表达祝福和尊重的礼物。其中有一位藏族同胞，他很特别，他送给我的是一条藏狗。狗是藏族人民最亲密的朋友。藏族谚语有云:“狗和马通人性。”藏族人爱狗，朝佛的信众常常会随身携带狗粮，寺庙僧尼更是会定时给流浪狗喂食。在以狩猎和游牧为主的藏民族中，狗是他们家庭生活中不可或缺的一

窝在钱智昌怀里的色嘎，乖乖的

员，以忠诚和勇猛无畏赢得了藏族人民的喜爱与尊敬。这位村民以这种方式表达对我的感激之情，让我很感动。

我乍一见这只小狗，它只比筷子长一点点，黑乎乎的，毛发也乱糟糟的，脸都埋在毛里面，眼睛闭着，窝在主人怀里就像一团毛茸茸的棉花糖。主人说，它的名字叫色嘎。我知道，色嘎在藏语中是忠诚的意思，我明白这位藏族同胞的心意，也非常感激这份来自陌生人的认可。我把色嘎抱上了车，告别了来送行的藏族同胞，离开了那片广阔的原野。

看着逐渐消失的宗塔草原，望着山坡上低头吃草的牛羊群，天空中偶尔传来几声老鹰的鸣叫，让我倍感不舍。摸了摸怀里蜷缩的色嘎，我决定回成都之前，利用这难得的时间绕道去两个县的麻风康复村看看。

离开甘孜州炉霍县，我直奔九龙经冕宁县去大凉山，我要去看看那批

藏区里朝圣的佛教徒

麻风病人有没有新的变化。去年7月，凉山州的州委书记曾向30多家媒体承诺：凉山州将实行麻风村领导责任制，确保每一个麻风村都有一个州委常委的帮扶工作组。一定要在几年的时间里，改变这批麻风病人的生活状态。

我就是在普格县的森科洛村（麻风康复村）认识了钱智昌，那是我第一次见到钱智昌。那时他给我的印象不仅是一位四肢残缺的麻风病人，更是一个老实巴交的农民汉子，值得交。到了他家后，我跟他借了脸盆来打理色嘎。整整用了半块香皂，换了五次水，色嘎的真面目才渐渐露出来了，我又用两条毛巾把它擦干，色嘎在我手下迷迷糊糊的，舒服极了。彻底折腾完，我才发现这只藏狗的毛发不是黑色的而是棕黄色的，它的毛丝一直垂到了脚面，真有一种“万条金丝绦”的飘逸感，在阳光的照耀下，泛着金晃晃的光，会给人一种神圣的错觉。它两只黑色的耳朵不仅没有破坏整体的美感，反而透露出一种瑕不掩瑜的自然来，就像沙漠中的两口深泉。收拾完，它就安安静静地蜷缩在暖洋洋的太阳下，闭着眼睛享受午后暖阳，真乖！

才一天的时间，色嘎就和钱智昌很亲近了，钱智昌走到哪儿，它就跟到哪儿。钱智昌走得慢，它就小跑步跟着；钱智昌走得快了，它就咬着他的裤管，让钱智昌带着。乍一看钱智昌走路，只见一个毛茸茸的圆球随着他裤管前后荡来荡去，用现在年轻人的词是“萌化了”。钱智昌家里没有可以供狗戏耍的玩具，色嘎就自己去发掘。钱智昌的鞋带还有干活时膝盖绑捆的绳和布带，成了色嘎永远不厌倦的玩具。我看见钱智昌很耐心，本来用没有手指的手系上鞋带就不容易，色嘎一次又一次把它解开，钱智昌也不恼。色嘎解开绳子，钱智昌就笑着摇摇头再系上，笑容中带着一丝无奈和宠溺。

我本来是打算把色嘎带回成都，送给我一位朋友的。那位朋友也是单身一人，需要陪伴，而且他家里的房子很大，院子前后都有一个花园，我想着色嘎在朋友那儿会过上优裕的生活。色嘎却偏偏喜欢上了一贫如洗的残疾人钱智昌，色嘎的血管里没有流着嫌贫爱富的血液。这让我更加喜欢色嘎。它不嫌贫爱富，它真的表里如一，在我们社会里，当我们面临贫与富做出选择的时候，我们的天平都会有意无意偏向一边。

前不久，我单位的一个青年告诉我，他和女朋友分手了，我问他为什么。他说："我家是农村的，现在也没有房子，虽然是研究生毕业，每个月收入也就四五千元，还要给家里寄去一些，我俩经常会为这些事情闹矛盾。前两天，她的父母提出没有房子就不结婚，现在房价这么高，靠我这点工资哪买得起房子呀。为了大家都好，就只能分手了。"这就是现实，却仍然让人唏嘘。

在我走的那一天，我决定把色嘎留给钱智昌，我想钱智昌那么喜欢它，就让色嘎陪他做个伴。后来，在我和钱智昌的几次通话中，他总是时不时地提上几句色嘎，比如色嘎随地大小便让他很恼火，色嘎太活跃了总是乱跑，色嘎会给他送玉米种，色嘎……从钱智昌的话中，我能感受出色嘎带给钱智昌的麻烦和快乐。过了6个月，我又一次见到色嘎。当时我刚走近钱智昌家门，一个毛茸茸的"大枕头"就扑到我怀里了，让我忍不住后退了半步，原来是色嘎，它已经长大了。它还记得我，这让我很意外。不到1岁的孩子居然还记得半年前一面之缘的陌生人，这也让我很感动。来自牧场的朋友告诉我，色嘎并不是普通的狮子狗，它是最好的松潘牧羊犬。这种犬虽然个子不大，但是非常凶猛，藏族牧民家里只要有两条这种犬，就能护住群羊，连狼都不敢冒犯。而且为了履行责任，松潘牧羊犬不惜以命相搏，非胜即死。这种狗，对主人非常忠诚，主人即便要它的命，它都会毫不犹豫地献给主人。

森科洛村基本上家家户户都养了狗，有些主人还会拿家里圈养的狼狗来炫耀。有一次，几个半大小子带着一条大个儿的狼犬巡村，他们看见了毛茸茸的色嘎，个子小小的，就不怀好意地唆使这条狼狗攻击色嘎。那条杂毛狼狗一龇牙，色嘎已经冲了过去，谁都没有看清楚它们是怎么撕咬到了一起，但一会儿那条狼狗和它的那一群主人，惨叫着逃跑了。色嘎可以说是一战成名，以后再也没有狗敢过来挑战它了。色嘎的血液里流淌着永不惧怕暴力的基因，也不恃强凌弱。而且它特别护家，只要它在家，陌生人就休想靠近钱智昌家门口，所以钱智昌特别喜爱它。钱智昌有时宁可自己饿肚子，也要让色嘎吃饱吃好。

钱智昌去地里干活的时候，色嘎都会跟在他的身后，听候钱智昌吩咐。种玉米的时候，每当玉米种用完了，色嘎就用嘴叼着竹编的背篓回家。王昭芬把背篓装满玉米种，色嘎再把背篓叼回去交给钱智昌。钱智昌承包的3亩地是在一个高坡上，正常人行走大约要半个小时，色嘎往返的过程中，钱智昌就能得到片刻的休息。色嘎就像钱智昌的左手右臂，他们配合完美，非常默契。而且能够为钱智昌做这些事情，色嘎觉得很光荣，很自豪。干完农活，色嘎陪着钱智昌回家。色嘎在前面跑跑跳跳，偶尔还追逐飞来的蝴蝶，看到钱智昌落得远了，色嘎还会再跑回来迎迎钱智昌。色嘎的活跃打破了夕阳下的宁静，也赶走了迟暮时的孤单。

6年后，我再去的时候发生了一件事，让钱智昌很气愤，他当场就要教训色嘎。我看着他挥着拐棍就要往色嘎身上打，色嘎也不躲闪，就瞪着圆溜溜的眼睛看着钱智昌。它可能知道自己犯了错，惹主人不高兴了，可是

色嘎能感受到这双残缺的手带给它的温暖

它的尊严不允许钱智昌打它。钱智昌木棍落下去的那一刻，我看到色嘎竟然迎了上去，一口咬住了木棍，死活不松口。钱智昌也没料到色嘎会突然不听话，就使劲往外抽木棍，色嘎的眼睛都红了，嘴角也开始流血，可仍然紧紧地咬着木棍。那一刻，我知道它恨这根木棍，也恨企图“家暴”的钱智昌，可是他绝不咬钱智昌，这是它的主人，是它用生命守护的对象。

在我看来，色嘎并不是犯了多大的错，甚至在有些人眼中，还可以说是“乐见其成”，换个角度看无非就是“窈窕淑女，君子好逑”。但在钱智昌的家门决不能容忍这种事情的发生，他对此事极为反感。

事情是这样的：钱智昌邻舍的一位老乡，跟钱智昌借手机，他要给在外打工的儿子打电话，说家里快断粮了，希望儿子寄点钱回家。钱智昌的手机是我给他买的，本来预存的话费就不多，再加上长途电话费比较贵，我就把我的手机借给了他。跟着这位老乡来的是一条很漂亮的母狗，狗很年轻，大约只有两岁。母狗一身白色的毛，闪着光，迈着优雅的步伐，像一个高傲的公主。色嘎悄悄地潜到了我的身后，趁着我们不注意，一个箭步扑在那只母狗的身上，想要求欢。年轻的母狗没有丝毫准备，嘴里发出了哀求的叫声，四肢不停地挣扎。打电话的老乡看到这种场景，用左手不断地朝狗驱赶着，脸上露出不满而纠结的表情，似乎想采取行动，但又怕我和钱智昌不高兴，毕竟他是来求钱智昌帮忙的。

钱智昌看到这种情景，马上喊叫道：“色嘎，下来！下来！”语调提高了八度，带着沙哑的怒吼声在院里回荡。我第一次见到钱智昌这样严肃，黑下脸的钱智昌浑身散发着寒气，站在他身旁的我都有点被吓着了。听了主人的召唤，色嘎从那条母狗身上乖乖地下来了，一声不响地蹲在了钱智昌的身前，巴巴地望着钱智昌，它知道做错了事，等待主人的惩罚。

那位老乡打完了电话，他把手机还给我的那一刻，我手机里突然收到了一条信息，这条信息是：经查，原中央的某领导严重违反党的政治纪律、政治规矩、组织纪律、保密纪律；利用职务便利为多人谋取利益，本人或通过家人收受巨额贿赂；违纪违法获取党和国家大量核心机密；严重违反廉洁自律规定，本人及其妻收受他人钱物，为其妻经营活动谋取利益；与多名女性通奸，进行权色交易；对亲属利用其职务影响力敛财牟利负有重要责任。

看着这条新闻，我就想问一句：我们的一些干部、官员，当你们违纪时，我们的党、我们的人民叫你立即停止这种行为，你能不能立刻停下来？停下来以后，你能不能继续乖乖地待在党和人民身边？色嘎后来再见到那条母狗，它都乖乖地跟着钱智昌，再没有一丝不轨的行为。

色嘎那年已经8岁多了，我庆幸的是它没有留在城里，它在森科洛村的狗群里，像王者一样地注视着它们，它成为那一代狗中的领袖。它真的很快乐，它不用被拴上狗绳，可以从早到晚地在自己的领地和宽广的乡间奔跑、嬉耍。就是这样一只美丽的藏狗，在钱智昌的培养下，它维护了与生俱来的忠诚，锻炼出了服从命令和讲规矩的素质。这种高贵的灵魂只能来源于神圣的雪山。

2016年元宵节刚过，我突然接到钱智昌的电话，在电话里我第一次听见钱智昌用沙哑而悲痛的声音告诉我，色嘎死了。近10年来，国家退耕还林的政策让森科洛村周边山林的生态环境变好了，山里的野生动物增多了，野兽也多了，所以时常会发生野猪侵犯村庄的事故。村民储藏的粮食经常被野猪破坏，家里饲养的牲畜也常被野猪咬死，这让村民很头痛。所以，村里就成立了野猪捕杀队，他们在野猪出没的地方设置陷阱，抓捕野猪。色嘎就是在追捕野猪的过程中，不小心掉进了陷阱，陷阱里装置的毛刺直接穿透了它的喉管，血流不止，当场死亡。

钱智昌说他到了现场，看到满坑的血，色嘎就那样躺在血泥里，一动不动。钱智昌跪着从陷阱里把色嘎抱了出来，把它抱回了家，给色嘎洗澡。钱智昌说色嘎虽然是条狗，可是很爱干净，不能让它带着污泥走。色嘎下葬那天，他还专门杀了一头羊。他告诉我本来打算杀一头牛的，可是他实在拿不出那么多钱，只能用羊来代替，为此钱智昌感觉委屈了色嘎，他很自责。杀牛祭祀在当地是最高的丧葬礼仪，一般只有老人过世或者大家族才会杀牛来殉死者。钱智昌把色嘎埋葬在自家房后的山坡上，那是色嘎以前经常玩耍的地方，它的墓穴面向西北，向着狐狮神山，向着宗塔草原，向着色嘎的家乡。我理解钱智昌的想法，色嘎从小跟着我离开家乡，陪着钱智昌这么多年，钱智昌是想最后送色嘎回家，这可能也是钱智昌的愿望，游子回乡，落叶归根。后来，钱智昌又说，色嘎走得不孤独，那天有十几个老乡为它送行，还带了酒，他们都说色嘎是个英雄，了不起。

在那片山林里，色嘎得到了所有的安宁和尊敬。它生前是钱智昌的亲密伙伴，死后也会成为钱智昌一生的回忆。

第七章　生态猪、跑山鸡

钱智昌的玉米种得顶呱呱，年年丰收积攒下来也有一大仓。我就建议他养猪，既有猪肉吃，还能补贴家用。我为钱智昌修建了猪圈，猪圈修得很现代。水泥打造的猪圈地面，既干净又方便打扫；周围圈上一层20厘米高的台阶，上面架上铝合金的围栏，银光闪闪；猪圈的一角铺上细细的锯木，松松软软，方便猪睡觉。临走时我又留下了1000元钱，委托他的朋友去市场为他买两头小猪仔。两个月后，两只活蹦乱跳的小猪在钱智昌的猪圈里幸福地生活着。他把这两头猪养得很精细，很用心，猪的饲料都是他和王昭芬老人亲手做的。

钱智昌天生带着一种认真，要做什么事情就要做到最好。种玉米如此，养猪也是。有了计划，钱智昌就托人去镇上买了养猪方面的书籍，像《猪的信息》《现代实用养猪技术》《猪病防治问答》等，每天晚上劳作完学习，做笔记，还结合家里的情况分析，俨然一个专业养猪能手。研究了几天以后，他就根据书上教的和自己对猪的观察，搭配出了独家的猪营养餐。这份营养餐是由去年收获的玉米碎渣加上红苕藤、南瓜、莲花白一起蒸煮、搅拌而成。钱智昌家的猪不仅吃得营养，吃得更科学。每天三餐，两干一稀，粗细搭配，定时定点，规律饮食，就连睡觉、休息和活动都是定时进行的。猪除了吃和睡觉，每天还要出栏玩耍一到两个小时，放松心情。时间到了，钱智昌发出“回去”的号令，色嘎就用独特的狗叫声驱赶猪回圈。时间长了，猪也习惯了每天的放风，自觉自发出栏、回栏。看到这一幕，我真是服了钱智昌。

钱智昌把猪圈打扫得很干净，每天要清理猪的粪便和残食，定期要给猪冲澡，我坐在猪圈旁没有闻到那种刺鼻的气味，蚊虫也很少。我有时会想，这两头猪是幸运呢还是不幸呢？说它们幸运吧，钱智昌把它们照顾得那么好，它们活得开心舒适；说它们不幸吧，它们成长得很快，也很快走到生命的终点。猪吃得好，睡得好，玩得好，平均每天长1斤多，很快就上了100斤。过年的时候，两只小猪仔长得油光水滑，浑厚壮实，一头长到352斤，一头长到了293斤。

钱智昌兴奋地跟我说，一定要送我一头猪，他说城里人吃不到这样的生态猪。我明白他这样做是为了报答我给他修猪圈和买小猪仔的恩情。我好言谢绝了，我知道猪身上的每一斤肉都是他们俩用汗水喂养出来的，我不忍心。我让他们把那头送我的猪卖了换一些生活用品。后来，钱智昌告诉我这两头猪在春节前10天杀了，杀的那天村里很多人来帮忙。大的那头杀了后他留了150斤的肉做成了腊肉和香肠，其余的全部分给了住在他家附近的彝族老乡。麻风村，与世隔绝，俨然一个“世外桃源”。村里有很多的麻风病人和困难户，他们身体残疾，手脚不便，生活困难。钱智昌杀了猪就挨家挨户送，像是照顾全村人的一位老大哥，却不想他也是残疾人，还过了古稀之年。

且沙莫次力前几年从另外一个麻风村嫁到了这里，21岁就生了3个孩子，前不久其中一个孩子过世了。丈夫常年在外打工，家里非常困难，钱智昌就时不时地接济她，帮助她，这次杀了猪也一早就让她过来拿。村里的老人子儿莫子牛年龄大了，走不动了，没办法来钱智昌这儿拿猪肉，钱智昌就托人给他送过去，一定要让他吃上新鲜的猪肉。就这样，那天钱智昌的家门口热闹非常，周围的那些老乡和他们的孩子们都吃上了香嫩可口的生态猪肉。另一头猪，村长用集体款按市场价购买送给村里的麻风病人和五保户家庭作为过年的慰问品，那些很少能吃到猪肉的残疾老人在那年春节也都吃到了钱智昌的生态猪肉。

钱智昌的猪圈和鸟笼

从国家实行退耕还林政策以后，钱智昌已经没有自己的地了，原来村里分给他的6亩地和自己开垦出来的20多亩山地都在几年前种上了桉树。如今的桉树已经长到了十几米高，放眼望去，山坡上一批绿绿葱葱的桉树林，十分喜人。这些年钱智昌只能靠领取国家每年补助的1900元退耕还林的补助和每月150元的低保金维持生计。

没有了土地，劳动惯了的钱智昌心里空荡荡的，看着村里的年轻人纷纷外出打工，山坡上的好多地都荒着，心里真不是滋味。他知道以后，于是就从外出务工的人员那里承包了3亩地。在钱智昌辛勤和科学的劳作下，这块地收成一年比一年好。地的主人从外地回来，看到如此好的收成，很快就把地收回自己种了。

有一天他给我打电话说，可能以后没办法再养猪了。钱智昌喂的猪，养的鸡每年要吃好几百斤的玉米，怎么办？了解到情况以后，我很快来到了森科洛村，跟钱智昌一起看了几块地。他家屋后有4分荒地，是村里一位老乡的，他没有耕种。虽然那4分地很贫瘠，小石头也很多，但离他的家最近，就在房屋背后50米远。对他来说，太方便了。我跟老乡协调了一下，最终花了2400元钱买下来这4分地。

自从有了这块地，钱智昌见人就说他有地了，他每天都在想怎么把这4分贫瘠的土地变得肥沃起来。这里不得不说的是，4分地旁边的马路是条泥土中踏出来的乡村公路，基本上没有地基，一下雨就非常泥泞。到了雨季，这路上根本没有办法通行，水坑连连，淤泥济济，汽车经常在那段路打滑，连摩托车跑起来都非常费劲。这让钱智昌和村民苦不堪言，到了雨季基本上不能出门。于是钱智昌每天跪在自己地里挖石头，跪着把挖出来的石头用背篓背到那段路上，用这些石头来填平路上坑坑洼洼的地方，背了一篓又一篓，填了一个又一个泥坑，最多时一天背了17篓。钱智昌用自己的双手，跪着把那条路填平了，硬生生改造出一条风雨无阻的乡村道路。钱智昌把地足足翻了40厘米厚，然后又把土地平整了，接着把事先为这块地准备好的猪粪、鸡粪和磷肥掺杂在一起，搅拌均匀铺在地里，为了这块地的改良整整花了两个月的时间。

遗憾的是，这两个月我太忙了，抽不出时间目睹和记录钱智昌改造这块土地的场景。不过，他那些生动的画面，在我的脑海中一幕一幕展开，栩栩如生。第二年，播种的时候，我来了；收获的时候，我又来了。

收割完玉米，我们几个人就坐在钱智昌屋前的院坝里休息。王昭芬突然拿着一个簸箕到了我们身边，簸箕里面装满了烤玉米。玉米表面上一层焦黄色，清香扑鼻而来，瞬间溢满整个嗅觉，让人忍不住咂嘴舔唇。吃起来，那更是香甜可口，外焦里嫩，玉米粒饱满软糯，让人忍不住食指大动，停都停不来下。这些玉米是刚刚从地里摘下来现烤的，难怪那么香，那么甜，那么糯，那么润。我们吃完这些玉米，口里还久久留着回香，香味溢满齿间，这比城里街边卖的好吃多了。钱智昌告诉我，这块地收获了500多斤玉米，今年猪和鸡的饲料全够了。

说起钱智昌的鸡，那真是回味无穷，现在想起来都流口水。他每年都要养十几只鸡，一般不卖，都是用来招待朋友或者送朋友的。他的鸡是我吃过的最好吃的鸡，太好吃了！肉质紧致，有韧性，撕下一块鸡肉慢慢嚼，味道一点点在口中散开，唇齿生香。鸡皮细腻，有弹性，咬下一口鸡皮细细品，皮脂一层层在口中融化，馥郁满腔。再配上秘制的农家鸡汤，香味浓郁，那真是琼脂玉酿，愈久弥香，吃了上顿想下顿，完全停不下来。这农家土鸡吃起来比城里跑山鸡都香，而且健康、安全。

说到食品健康，我想起一件事来。小区门口开了一家火锅店，每天很多人排队，每次路过那儿都能闻到扑鼻的火锅香味，麻辣鲜香。我很少吃火锅，实在经不住诱惑了，就吃了一次，火锅真的很好吃，大家伙吃得心满意足。吃完了回家后却浑身莫名发痒，想了半天也想不出来原因。去医院检查，医生告诉我血液里有罂粟毒素。我平时不抽烟，血液里凭空出现这种东西只能是火锅了。钱智昌的猪和鸡，是实实在在的美味，是扎扎实实的芬香，不是添加香料做成的，也不是化学品勾兑得出来的香。

钱智昌养鸡，一天只喂一次，其他时候鸡都是在旷野里自由觅食，山草、蜜汁、雨露、野虫都是鸡的饮食。喂养也要讲究时辰，吉时一到，鸡仔们就排着整齐的队伍，在院坝的木槽里啄食，看上去就像小学生吃食堂，有趣极了。鸡仔们吃的是钱智昌亲手种植的玉米，打碎成玉米粒，营养健康又环保。吃饱了，喝足了，小鸡们又成群结队地在旷野中撒欢，直到天黑了，才陆陆续续回窝，每天叽叽喳喳，热闹得很！

钱智昌养的鸡，不仅好吃，还好看。尤其是他们家那只大公鸡，它头顶火红的鸡冠，身披五彩凤衣，走路昂首挺胸，迈着外八字的脚步，神气极了。关键是它还会飞，飞得很高。我曾经亲眼看到大公鸡飞到树上吃虫，飞到几米高的土墙上伸脖遥望，清早它会飞到屋顶上，鸣唱报晓，唤醒沉睡中的山村。

钱智昌喜欢动物，他养了狗、猫，而且还想养天上的小鸟。我在他门前的老树上发现了一个独特的装置，这个用当地竹编做成的笼子，里面盛着打碎的谷物，任由来访的飞禽取食。我看着飞来飞去的小鸟，吃饱后又飞向了蓝天。它们没有被关在笼子里，它们是自由的，也是随性的，背后还有钱智昌默默的呵护与关照。难怪，这些小鸟经常会在钱智昌家的上

钱智昌给村民送猪肉

钱智昌养的鸡会飞

纯正的跑山鸡

空徘徊，钱智昌也会长时间地看着这些飞翔的小鸟，我明白了钱智昌是想飞，想像天空飞翔的小鸟一样，因此他把爱心献给了自由。

我从小也同样爱鸟，最爱看鸟在天空中飞翔的姿态，它们展翅翱翔的样子帅极了。13岁那年，“文化大革命”开始实行“步行串联”。我从家乡出发，步行了5天，走了400余里，首次进了成都城。

当时在成都最大的愿望是去动物园看看。那时成都的动物园地处百花潭公园，动物园里有一个小岛，小岛虽不大，但三面被水环绕，水面上有许多水禽，跳来跳去，戏水啄食，却没有一只飞走。家乡的鸟都飞得很高，这些鸟为什么飞不起呢？这个问题困扰了我很多年，直到最近，朋友的文章才让我恍然大悟。原来，动物园里的鸟，从它们长大那天起，就被开了刀，做了手术。动物园怕鸟会飞走，会切断它们翅膀上一条小小的却关键的韧带，外表上根本看不出痕迹，却绝了鸟儿们飞翔的能力。这些鸟，只能徒劳地扇动翅膀，天空从此与它们无缘了。

50年后，我在钱智昌的家门口，看到了同样的鸟，它们真的会飞，飞到你的身边，偶尔也会停留在我挎的摄影包上，这些鸟儿用自己的方式接近人类，人类又用食物和微笑回赠了它们的友好和快乐。那天我被钱智昌的行动，被这些鸟的亲近，感动得热泪盈眶。

那次离开森科洛村的时候，钱智昌让王昭芬用草绳把那只最漂亮的公鸡的脚绑好，要送给我。钱智昌一个劲儿地说，这鸡很好，在城里吃不到这样好吃的鸡。我推辞了半天，没有把这只漂亮的鸡带走。我知道这只鸡好吃，我也知道钱智昌养这只鸡的不易，他花了一年的心血才能养得如此大。更重要的是我不愿意看到这样美丽的鸡死去，在我的手里死去。也许我是伪善，可那一刻我真的是不忍。

10年前，我在阿布洛哈村遇到过同样的问题。我在阿布洛哈村做调研，建学校，临走的时候，村长要送我一只野山鸡。村长说我们村很穷，也没什么东西能拿得出手，看我爱吃鸡，就抓了这只野山鸡。这是全村人的一点心意，让我一定收下来。山鸡是村长安排村里的4位壮小伙，在狂野的山林中，足足花了3个小时才捉到的。那只山鸡尾巴有一尺多长，摇曳在地，五彩缤纷；浑身的羽毛似彩鸾，展翅一振，绚烂夺目，像孔雀，类凤凰，美极了。它静静地伫立，气场十足，宛若神鸟下凡。

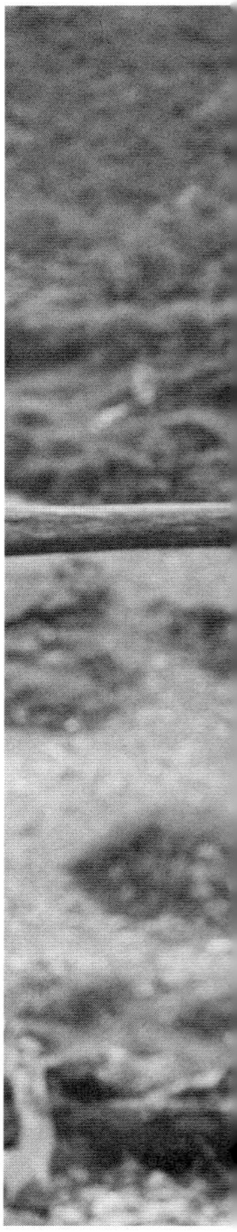

村民们的一番好意，我心领了。但是我回成都的路程很远，还要过溜索、翻山，加上西昌到成都的高速公路也没有通车，路上耽搁的时间会很久，不便带活物。我恳请他们将野山鸡放回山林，也算积德行善。可是让我两手空空回去，淳朴的村民们总是过意不去，惴惴不安。在他们的心目中，让尊敬的客人空手而归，是主人的失礼。可是我态度坚决，于是村长说，那这样，山鸡请你带给你那位送我们巧克力糖的朋友。我们会马上做一个筐子，再带上几天的口粮，送你出山，一直把你送上车。

原来，在我来阿布洛哈村前一天的晚上，11点多了，我的朋友杨路敲开了我的家门，扛了一箱巧克力糖，对我说："前几天听你讲了麻风村的故事，心里不是滋味，这几天老想着那里。知道你明天一早要出发，我也不能跟你同去，买了一箱巧克力糖，请你带下去，那里的人一定没有吃过这里的糖。"

中秋节那天晚上，我把月饼和这箱巧克力糖发给全村的每一个人，也给他们讲了杨路送巧克力糖的故事。村民拿到糖，打开看到黑黑的东西，都很疑惑，有小孩大胆往嘴里塞，顿时开心笑了，其他村民也都纷纷吃起了巧克力糖，这是村民们第一次吃到这么香甜的糖。村长让我把山鸡

那只后来送到动物园的野山鸡

带给杨路的请求，我实在不能再推辞了，我拒绝不了当地人的热情。当天下午，村民把我送上了车，车在山间盘行，我时刻担心后备厢里的山鸡。好在，山鸡的生命力很强，两天车程快到成都时，我检查了山鸡，它仍然是斗志昂扬的。当我把手靠近它时，还毫不客气地啄了我一口，我的手背马上破了皮。小家伙，就像当地的山民一样，精力旺盛，直率豪爽。我打电话告诉杨路，说是麻风村的村民给他带了礼物。他兴奋地赶到成雅高速口见我，我把山鸡给他时，他整个脸笑得开了花，不停地说谢谢，谢谢。一周后，我又接到杨路的电话，他请我一定要转达对麻风村全体村民的感谢，他说他把山鸡送到动物园了。

钱智昌喂养的猪不仅好吃，而且很生态；养的鸡不仅健美，而且能飞，与野山鸡没有多大的区别。他血液里充满着善良，本来这样认真做事的人就少，而且钱智昌又是一个吃低保的残疾人，就更显得可贵。他从来没有讲过一句报纸上或电视里或各种会议上，我们常听到的那些豪言壮语，他默默无声地用心做每一件事。简简单单地，做了一辈子。他让我们这些四肢健全的人，在他的面前，感到羞愧！

第八章　那些让人“啼笑皆非”的往事

我曾经看到钱智昌的户口簿上，文化程度一栏赫然写着高中文化。前面我们说到他连小学都没有读完，小学只读了三年的钱智昌被查出患有麻风病后就离开了学校，从此再也没有进过学校。钱智昌凭空得了一个高中生的荣誉，应该归于1966年史无前例的“文化大革命”。那是一个红色革命的年代，一个人心惶惶的年代，也是一个礼仪崩坏的年代。“红卫兵”、“红宝书”是那个时期特有的代名词。至今钱智昌还保留着一本红皮的《毛主席语录》，也就是“红宝书”。这本书是20世纪60年代世界上发行量最大的书籍，据调查累计发行50亿册，也是世界上累计发行量排行第二的书，这本书整整影响了中国几代人的成长发展和思想变迁。在当时的中国人心中，这本书就像《圣经》在欧美人心中一样神圣而权威。时到今日，钱智昌仍然能一字不差地背诵《毛主席语录》中的一段又一段内容，背诵时他的语调是那样的高亢和有力，神态是那样的庄重和严肃，他把我又带回到了那个年代。

1966年，我读初中一年级，全校无论是老师、学生还是领导，每人都随身携带着一本“红宝书”。学校有活动的时候，就要用右手挥舞着《毛主席语录》，升旗的时候要挥舞，课间操要挥舞，课外活动要挥舞，劳动课要挥舞，早上挥，中午挥，晚上也挥。长期挥舞的动作让我们的肩关节十分灵活，我是这种活动的受益者。后来我参军当运动员的时候，有一个项目是投标枪，因为我的肩关节特别柔韧，所以投得很远，也因此参加了军里的比赛，取得了不错的成绩。后来每次跟家人说到这件事的时候，我都觉得要感谢“红宝书”。“红宝书”不仅是我青年思想的导师，还是我人生机遇的“敲门砖”。

那时候，为了背诵“红宝书”，我们全班用了一年的正课时间才记住

爱学习的钱智昌

钱智昌翻烂了的书

了它的全部内容。后来有孩子问我，背的时候是不是特别痛苦，就像我们背古文课本一样？说实话，是很难背，而且年龄小根本就不理解意思，只能死记硬背，但是所有人背诵的时候仍然是激情澎湃，充满感情，斗志昂扬。满教室上空荡漾着稚嫩嘹亮的声音，夹杂着部分处于变声期男生的公鸭子嗓音，现在回想起来都不可思议，怎么那么听话呢？

不仅人人《毛主席语录》不离手，“毛主席语录”也是不离口的，可以说是“毛主席语录”统帅一切。同学见面要先背诵一段“毛主席语录”然后再聊天；学校正规场合发言、讲话，都要先背诵一条“毛主席语录”，即“最高指示”；就连打篮球赛，开始前都要新背诵一段“毛主席语录”，双方队员跳一段“红色忠字舞”，然后再开球进行比赛。三餐吃饭前要背诵，晚上睡觉前也要背诵，旁边班一个同学上厕所都在背。还有乞丐利用“毛主席语录”乞讨，有江湖骗子利用“毛主席语录”卖艺贩药，还有人利用“毛主席语录”治疗精神病，最常见的是用“毛主席语录”打语录仗。

有一天，我放学回家看见红卫兵正在抄我的家。他们有男有女，上身穿着军装，裤子是平常的市民版，扎着“56”式制式腰带，腰带紧紧束着腰肢，戴着红袖套，飒爽英姿，面色严肃冷峻。我刚进门，那些“红卫兵”大哥哥、大姐姐，就让我先背诵毛主席语录。我背了一段“一切反动派都是纸老虎”和“我要斗私批修”等，背完后他们就让我站到一旁。我战战兢兢地看着他们在我家翻箱倒柜，他们把书柜推倒了，书都散了一地；他们把床铺掀了，枕头、被子全都被踩在地上；家里的老式钟、墙上的字画等都被扔在地上；我们兄妹的书桌也被翻得稀巴烂。他们一个个翻得满头大汗，不停地念叨我母亲是英语老师，会英语，家里肯定有资本主义的东西，要“打倒一切反动派”。他们在我家里挖地三尺，仍然没有挖出想要的东西，最后终于找到了我哥哥安装的矿石收音机，收音机要接收信号，就要有自己手工制作的蜘蛛天线，这个天线架在房门前的树上。“红卫兵”们兴奋了，他们终于找到了罪证，就一口咬定我母亲通敌台湾。于是，我母亲被“红卫兵”带走了。

为了保住我们家的政治清白，不被划为“黑五类”，我每天都加紧背诵《毛主席语录》。然而并没有用，我还是没有逃脱“黑五类”的命运。40年后我再次看到这本《毛主席语录》时，心情很复杂，有说不出的滋味。我情不自禁地跟钱智昌一起背诵了书中的部分内容。惭愧的是，钱智昌的年龄比我大，但红宝书里的内容记得比我清楚。钱智昌说，他能提高认识字的水平，全靠这本“红宝书”。

刚进入新社会的麻风病人能活着，本来就对毛主席有深厚的感情，人人都想读到毛主席的书，仿佛这样就能离毛主席更近了。也许这种心情就像现在孩子们“追星”时的渴望，想尽一切办法离他更近一点，再近一点。但村里大多数人都不识字，这事就落到了钱智昌的头上。钱智昌用玉米换了一本小学生的《新华字典》，凭着他小学三年学过的拼音基础，一个字一个字地背《新华字典》上的陌生字。字渐渐认识多了，他就把“红宝书”中的语录一句一句读给那些麻风病人听，十遍、百遍，这样周而复始。一年后，他不仅能够背诵这本书的全部内容，而且还能说出语录中哪一段在书中的哪一页。也许是对他传授“毛主席语录”的奖励，也许是其他原因，乡里领导将他的文化程度提升到了“高中”。

在那个特殊的年代，除了背诵《毛主席语录》，还有很多奇葩的事情，当然必须承认这都是老百姓自发自愿，是出于一颗对“偶像”盲目崇拜的心。那时候的森科洛村叫生产大队，生产大队基本上没有电灯、没有广播、没有电视，都是靠公社的高音喇叭传递北京的声音。公社、大队、小队的干部从喇叭里面了解国家的政策，听到毛主席的指示，那些干部再把中央精神传递给每家每户。村民们只要听到北京的声音，听说是毛主席说的，就非常激动。曾经一度出现了改名狂潮，有不少村民都要求改名，有的把张华才改为张红兵，把李文斌改为李东风。我想如今的向阳乡也是在那个时候改的吧。

那个年代我们班的同学也有不少人改名，改名是一个新潮。一个人的名字是个人的事，但一条街道要改是国家的事情。“文革”期间，有人提出长安街也有封建的色彩，要改成“毛泽东大街”或“东方红大街”，据说当时是周恩来总理报告毛主席，毛主席说“社会主义国家长治久安，有什么不好，不改了嘛”。

那个时候还搞什么“红海洋”，有人甚至要求指示交通的红绿灯都要改过来，红灯放行。听说也是周总理在一次会上说，他问过他的司机，司机说红灯无论白天、黑夜、晴天、雾天是最鲜艳醒目的，能起到警示的作用。幸好没有改，如果改了，现在道路上会是怎样鸡飞狗跳的场景，很难想象。

钱智昌的文化程度从初小改为高中，是乡里的干部为了提高本乡的文化程度改的，是组织行为。我现在的身份证上是1954年4月，其实也不是我真正的生日，也是改的，是县里开会通过组织改的。我当时并不明白为什么要改为1954年4月的这一天，为什么不改为1954年2月，3月？

事情发生在1972年初，那一年我被选派为资中县篮球队队员。“文化大革命”期间，整个文化、体育都是很封闭、万马齐喑的情况，在那个时

1972 年，我在安岳参加篮球比赛时的全队合影

代连农村舞狮子都被认为是封资修，砸烂一切，中断了好几年，直到70年代、“文革”中后期才允许。再加上，当时没有电视，没有电影，没有其他娱乐活动，唯有篮球可以遍地开花，所以，篮球比赛成了全民狂欢的节日，而比赛胜负也影响着整个县的荣誉。篮球打得好，县革委会主任在其他县领导面前腰杆挺得都要硬一些，更别说隔三岔五拿出来炫耀一下。当

然，高大威猛的篮球运动员也格外受女孩子欢迎。

我们在县里集中训练一个月，要参加当年内江地区的篮球比赛，比赛地点是放在安岳县。按照竞赛规定，这次比赛上场的5名队员中必须有2名是少年，少年必须是1954年出生。当时我球技不错，在整个球队中算主力之一，我真实的年龄是1953年底。为了保证资中县能够取得好的名次，县革委会的副主任，亲自把我的年龄改小了半年。这是组织决定，我服从。资中县的篮球队在安岳的那场赛事中获得了第一名，后来我又光荣地被内江地区选上，代表地区参加省里的篮球比赛。在成都、重庆参加的比赛给我在体育发展上创造了许多机会，我是一个受益者。但这件改年龄的事情，一直是我的一块心病，我曾找组织说明我真实年龄的情况，但组织对我的年龄情况都不置可否。如今，我一直过着不是我出生日的“生日”。

即便看了太多这样既熟悉又可笑的事情，我对待一些事情仍然带着“武夫式”的直接，率性真诚，有一说一，有二说二，有时候会因为一件事情去质问省领导，难怪有些领导说“林强这个人很优秀，只是在一些问题上显得不太成熟”。记得2010年12月1日，世界艾滋病日，中央的一位领导赴凉山布拖县那达乡卫生院看望医护人员和艾滋病人，并了解当地艾滋病的疾控情况。向那位领导介绍情况的不是院长，是县里面卫生局的领导扮演的，他只当了“一天”的乡卫生院院长。那个乡的书记和乡长当天充当了村里的村民，向中央领导介绍这几年收入增长的情况，感谢政府和国家，领导听了很满意。半个月后，我去那个乡，群众相信我，把我当成自己人，把真实情况告诉了我。本来中央领导调研是为了了解真实情况，帮助群众解决实际困难，可是现在中央以为现实状况很好，并不需要帮助，因此也就没有后续动作。我听了这个事以后，都不知道该说县领导聪明呢，还是说他们傻呢。回成都后，我把这个情况跟省里的领导说了，但那位领导不开腔，也没什么反应。

朋友跟我说过这样一件事情：他读小学的时候，有一次教育局领导到学校考察，学校要求每个孩子必须穿白衬衣。朋友家里很穷，爸爸很早就去世了，妈妈一个人拉扯他，很不容易。为了完成老师布置的任务，他就回家闹，妈妈出去给他借，大小又不合适。最后实在没办法了，妈妈把自己陪嫁的首饰当了，给他买了一件白衬衣。那天，全校同学都穿着整齐的白衬衣欢迎领导考察。结果领导只在学校停留了15分钟，看都没看朋友一眼，本来也不会看的。朋友伤心极了，委屈极了，时到今日，他对此事仍然记忆犹新，他觉得自己的感情受到了伤害，因为一场秀，他还伤害了自己母亲。

其实这种事情很常见，领导要来学校检查，会安排学生提前打扫卫生，会安排每个学生从家里带书塞进图书馆里作为图书馆的馆藏书，会把平时“空房子一间”的科技馆塞满学生，还会把课表改成体育课、音乐课、劳动课、课外活动齐全的新课表。检查组走了，图书馆继续堆放杂物，科技馆继续空荡荡，课表继续只有语数外等考试科目。多年后，这些孩子们长大了，走上了工作岗位，他们可能已经把所学的知识还给了老师，但是他们仍然记得学校弄虚作假的那一幕，记得这场“秀”带来的伤心。也许有人会以为“秀”是应该的，“秀”是必须的，“秀”是有成绩的，于是他们开始制作“秀”。

要讲类似的事情，真是说上三天三夜都说不完。“5 · 12”地震时期，政府统计的死亡学生数字和民间统计的有差距，曾经一度还在网上掀起一阵不大不小的讨论，其实这是必然的。政府统计的数字依据是户籍，这些数字是由基层政府一层一层报上去的。汶川地震5年后，一次偶然的机会我去调研。在走访中发现，那些在山里的村民地震前基本上都有3到4个孩子，其中有些家里的一两个孩子因为超生没有户口，这些孩子死去以后并不进入统计数字中，还有些有户口的孩子死了会用没有死去的孩子来补数……

对当前出现的一些造假和数据掺水现象，我和钱智昌讨论过。钱智昌跟我聊天总是知无不言，言无不尽，我们每次的谈话都很尽兴，唯独谈到这个时，他只是笑，说自己讲不好。后来，我问他，这20年来，你用自己残疾的肢体收获了近20万斤玉米，这个成绩是常人难以想象的，当地政府没有把你作为典型先进？没有评你为致富能手？他说自己跟这些荣誉从来都沾不上边，一生没有得过任何奖，也没被评过任何先进。等了一会儿，他又淡淡地说了一句，“其实还是有一次机会的，我放弃了。”那是在8年前，县农业局要求每个村推荐3名致富能手，钱智昌当之无愧，村里的领导也把他列入了候选人的名单内。就在报送的前几天，村里领导叫钱智昌写一个上报材料，这份材料其实是村里领导早就准备好的，只是叫钱智昌抄写一遍。材料的内容是，森科洛村麻风病人近几年的变化，钱智昌发现要抄写材料中有许多地方是夸大的，材料中的数据也不对，好得太假。而且村干部还要他代表全村的麻风病人签字，按上自己的手印。钱智昌说他不想用欺骗换荣誉，就拒绝了村里的这位领导。领导很气愤，说他不讲政治，说他不懂人情世故，于是上报致富能手的名单里没有了钱智昌的名字，他错过了这唯一一次当先进的机会。

3个月后，2009年3月1日，我在人民日报《阿布洛哈村的变迁》的专题报道中看到，从2004年到2008年间，四川凉山州各级政府通过各种渠道筹

2008 年废墟上的森科洛村和精准扶贫后的森科洛村

2016 年，国家给钱智昌盖的新房

措麻风病病人及家属生活补助达6700万元的消息，我相信这个数据是准确的，但我不相信这些钱会全部用在了每个麻风病人的身上。因为那些年我每次去森科洛村都有部分的麻风病人来找我，他们给我看他们正在发炎和红肿化脓的伤口，他们向我反映房子倒塌了又无钱修补的困难，我只能用我手中的相机，给他们留下一些资料，同时给他们留下一点钱表示对他们的慰藉。我两次到县民政局反映了他们的实情，效果都不好。我一次又一次地面对他们，看见他们生活的状态没有任何改变时，心里不仅难受，更觉得自己的力量太小。直到去年精准扶贫的春风吹到了森科洛村，我才真正地看到了那些麻风村病人脸上露出的笑容，我的心才稍稍得到一些安慰。

这些真实的事情符合情理，但又让人觉得好笑。我看见这些情况，想说，但是说了有些人不高兴，有些人不理睬，我正在努力去寻找自己认为正确的路。可是路很多，要找到一条正确的路并不容易，即便已经找到正确的方向，路也会变得很艰难，很坎坷。鲁迅先生说“世上本没有路，走的人多了才成为路”，难的是第一个开辟路的人。我的路也许走不远，也许荆棘丛生，但我不会放弃我认为正确的路，也不会为了好处走上一条岔路。

最后，我还想说一句：造假如果不从上到下遏制，它就会成为一种社会风气。如今，毒食品、假药品、山寨手机、劣质服装，假货充斥市场，老百姓一方面对造假深恶痛绝，另一方面为了生存自己也造假。国人何其悲哀。钱智昌凭着自己的良心，用真实抵制了应该属于他的先进，其实是在告诉我们，真实比荣誉更重要。

2014 年，盐源县民族小学一年级的教室里挤满了 141 名学生

钱智昌走在回家的路上

第九章　48年后的第一次回家

2010年5月，钱智昌在景涛和任韧的帮助下回到了阔别48年的家乡——云南省巧家县。景涛是一位香港驻西昌的汉达福轮社的志愿者，2008年第一次与我在阿布洛哈村相遇。她说她是被我引到了这里，要跟我一起帮助这些麻风病人。我们俩一见如故，以后经常通电话，聊麻风病人，聊凉山的一些现象等，如果我去西昌也一定会去看望他们这群志愿者。

这次景涛发起了让钱智昌回家的行动，并邀请了凤凰卫视的任韧来跟踪报道和宣传，我对此非常赞同，而且很敬佩她。可是因为工作原因我走不开，本想要经济上支持一下他们，可是景涛说："这件事情已经上报有关部门申请了一点经费，而且你花在麻风村上的钱已经够多了，不用再破费了，你的心意我们就领了。不过我们想多了解一些钱智昌的情况，所以还请你帮忙给我们详细介绍下。"于是，出发前，在我的办公室里，我给景涛和任韧看了我拍摄的所有关于麻风村和钱智昌的图片，详细介绍了那里的情况，我还提供了很多照片给任韧，毕竟他是专业的媒体人，比我拥有更广阔的平台，能让更多的人了解和关心那些麻风病人。

在景涛和任韧去森科洛村，陪着钱智昌回家的那段时间里，我每天都给景涛打电话了解情况，最后得到的结果让我气愤不已，痛心不已。

出发那天，凌晨天还黑咕隆咚的，钱智昌就摸黑穿戴整齐了。他换上了一件洗得干干净净的藏青外套，肩上背一个破书包，绑在腿上的布带也解开了。清晨，景涛他们赶到村里，正碰上他在锁门，手杖和拐杖扔在台阶上。我猜钱智昌前一晚肯定没睡好，可能一宿都没睡。王昭芬在旁望着钱智昌关门、锁门，手足无措。"老太婆（王昭芬）要伤心了，"钱智昌嗫嚅着，然后他又像是下定决心一样，说："没有感情，总是想回家。"

从四川普格县到云南昭通巧家县有长途汽车，3小时的车程并不太远。

钱智昌的嫂子，还有一个侄子和侄女住在巧家的村子里。会有人来接他吗？钱智昌说，借手机联系过了，“我已经60多了，感谢党和政府让我活下来了……以后不能干活了，就会成为社会的负担，可是这些年我没有功劳……如果他们愿意接纳我，国家再帮助一点……如果他们不接纳，我60多岁了，离开人世也好……”这番话，钱智昌支离破碎说了好几遍，说不下去，眼睛红红的，抽噎着，低头沉默。带钱智昌来到山下普格县长途客运车站，天刚擦亮，买了两张车票。去巧家的车早上八点半开，四川冬天早上很冷，他拄着拐杖孤零零地东张西望，空落落的站台，像一份空落落的希望。

到了巧家车站，大门尽头，一个干枯瘦小的身影独自站立，只有老迈的嫂子亲自来了。钱智昌的拐棍颤抖着，急速杵着地面，向希望奔去。没有想象中的扶肩恸哭，两个老人在相距两米远的地方定住，相对无言，老泪纵横。时间静默了几分钟，钱智昌终于说出了他分别48年后的第一句话：“这么多年没见了，你身体还好吗？”嫂子看着他，仿佛不敢相信眼前的这个男人就是当年那个小弟弟。许久，嫂子偏过头，用手帕擦了擦红红的眼。侄女背着孩子过来了，钱智昌又问了一句：“家里人呢？怎么只剩你们俩？”侄女跟钱智昌说，有什么话我们到车站休息室里说，拉着嫂子转身走进候车厅。钱智昌在后面紧紧跟着。侄女开始联系家里的其他成员，因为家人流散在广东、云南等地，所以晚上就在钱智昌住的招待所开了一个简短的家庭会议。旅馆昏暗的灯光下，那个会议开得沉闷而尴尬。讨论到是否收留钱智昌的问题，侄子代表家人向他们宣布：“刚才我二爸（钱智昌）想到办法，我们也是这个思想……能够进到养老院去。你说转到巧家这个地方，没有地，也没有房子，我们也没法办……”他没有说下

48 年后钱智昌第一次回家，在巧家车站候车室与嫂嫂见面

去，不过钱智昌知道他回家的梦想破灭了。是啊，远方穷途末路的亲戚投奔来了，带着一身麻风病的过去，生活中突然多了一个负担，就算身后有摄影机跟着，没办法，谁也没有办法……景涛他们关上摄影机，想跟他家里人好好谈谈，让家里人帮忙想想办法。钱智昌老家没有地了吗？其他地方亲戚怎么想？真的没有办法了吗？去哪个养老院？要办什么手续啊？你们跟去一个人好不好，问问怎么可以进养老院？“不行啊，没有办法，明天要上班，我们这边是云南，对四川不熟悉，你们带他去吧，今晚住旅馆的钱，你们帮他付了吧……没有办法。”钱智昌自始至终都低着头坐在一边，不说话。我不知道那时候钱智昌在想些什么，他心里是怎么样的痛。

钱智昌只剩下去养老院的渴望了。从云南回四川，车里气氛古怪而压抑。坐在后座的钱智昌已经没有来时的神采，絮絮说了很多：康复村里他是汉族，其他人是彝族，语言不通无法交流，在养老院可以和人说说话；养老院有人做饭，一天三顿能吃饱；亲戚不用爬两小时山路，方便来县城看他。他反复把这三个意思说了几遍。路上，云南昆明一个侄子打来电话，大骂巧家的亲戚冷漠，说给钱智昌买了手机，过段时间来看他。钱智昌接了电话，跟景涛他们说“这个娃懂事”。

县民政局分管养老院工作的张股长大概很少碰到康复者带着摄影机找上门的事，面对镜头有点发懵。没等钱智昌说话，就干脆利落打断，“麻风病怎么能住养老院呢？你把其他人传染了怎么办？”任韧和景涛解释说，这位是康复者不是麻风病人，凉山州疾控中心可以开具麻风病痊愈证明。“不行。你们找局长。局长出去了。”钱智昌又沉默了。这个老人遭遇拒绝只能用沉默回答。摇摇欲坠的自尊像风中旗杆一样折断，空气中迸发出沉闷的响声，折痕陈旧得像古树裂口。

从民政局出来，阳光依旧清冽，却晃得耀眼。他们一行人想再去养老院问问。养老院在乔乡，离县城半小时车程。院长也不在，钱智昌就在院里走走，老人们三三两两聚过来，形成一个以他为中心的小群体。一群老人开心地聊天，钱智昌话最多，大概很久没有享受和人交流的快乐了。一小时后，民政局长带着随从赶来，心急火燎，“哪个要住养老院？你是从哪来的？森科洛村？那个是麻风村嘛！你是怎么找上电视台的？！”局长转向景涛和任韧他们，大概把他们当成记者了，口气明显缓和下来，“养老院和康复村是两个保障体系。养老院只能给城镇无儿无女的孤寡老人住，像他这样的麻风病只能住康复村。我不知道他是怎么找上你们的，这个不对。不要拍不要拍！”景涛他们再一次解释，“钱智昌不是麻风病人，已经30年没吃治疗药物了。他一个人住在彝族村不习惯，想搬来养老院，我们只是带他来问问需要什么手续，不是他找上我们……”“麻风病人绝对不能住养老院，我说不可以！现在国家政策这么好，康复村住得比我都好，房子都重修了，他们五保户每月还有150块钱……现在的老百姓不好弄，你给他1千块，他还想要1万块。你说麻风病住进来，把这些老人都传染了，怎么弄？”局长一边说，一边狐疑地盯着任韧举在手里的摄影机。钱智昌回家的梦想彻底破灭了。

钱智昌回家之路被命名为《梦·乡》，以纪录片的形式在凤凰卫视资讯台周末黄金档的《记者再报告》这样一个深度调查类栏目播出。感谢景涛，感谢任韧，感谢《记者再报告》，感谢所有关心和帮助麻风康复村的人，我替他们谢谢你们。节目播出后，任韧给我打电话，他最后说了一句：“融在空气中的歧视，什么时候才能消除呢？”说完这句话，他就挂了，我也举着电话，呆呆地坐着。

我在麻风村认识一个叫且沙牛日的小伙子，是一个高大健壮、热情诚恳的小伙子。他不是麻风病人，却生活在麻风村，这让我很好奇。他汉语说得很好，跟我交流起来比较方便，接触久了，他给我讲了他的故事。他读小学四五年级的时候，看到村里的男子坐着火车到城市里，他们带回来手机、钱财还有很多新鲜玩意儿，很羡慕。那些人回来以后就聚在一起炫耀外面的生活，他们给村里的孩子讲述坐牢的经验，讲述偷东西的经历，听着他们说“好耍得很”，且沙牛日很兴奋，也很动心。且沙牛日十几岁的时候，就跟着村里的小伙伴一起去大城市耍。那时候且沙牛日也不知道出去要干什么，就想跑出去外头看看，去赚钱，去耍。跟着一帮人跳上火车，车厢里挤满了彝族小伙伴。

他们来到成都，没有地方住，就一起住在火车北站附近的一个破旧旅社里，里面住的都是他的同乡或同族的人。一群十几二十来岁的血气方刚的大小伙子，在异乡稀里糊涂地生活着，又没有长辈看管，里面各种乌七八糟。动辄因为男女感情纠纷，分赃不均，甚至心情不好就打起架来。经常两个人的纠纷最后演变成两个不同乡或者不同村之间的混战，警察也管不了他们。在城市里生活，他们没有学历，没有一技之长，只能干些偷鸡摸狗的事情。其实传统彝族人认为偷窃是最可耻的事情，比杀人还可耻。可是这些在外的年轻人却以“偷别人（汉族）的钱不丢脸，只要别在凉山偷就行了”为借口来谋生。如果侥幸得手，就过一段挥霍的生活；如果被抓住了，就去坐牢。他们有一个奇怪的道德中立感，当地人甚至家里并不责怪这些年轻人犯了错，甚至是坐苦牢。他们受到社会新形势的冲击，认为能够弄到钱，弄到新鲜玩意儿就是男子汉。

且沙牛日第三次出来耍的时候，跟着一个同乡接触到了海洛因。这个新鲜玩意儿对在外寻找乐子的年轻人来说，是一种时髦的奢侈品，只有有钱人才能买得起。当地有句俗谚“鸦片是黑彝和土司的糖”就经常被这群贪玩的年轻人挂在嘴边。有一次偷到钱了，且沙牛日跟着小伙伴出去耍，其中一个大哥拿出了海洛因。大家都很眼馋，大哥也很豪爽地每人给了点。且沙牛日说那时候不会抽海洛因的人是会被人看不起的。抽完第一口，且沙牛日感觉全身轻飘飘的，云里雾里的，爽得很。就这样，且沙牛日染上了毒瘾，从吸海洛因到后来注射可卡因，逐渐收不住了。毒瘾来了，就要出去找钱，每天花在买毒品上的钱要三四百元，几年下来用在吸毒上的钱十几万。这些钱可以给麻风村盖很多房子，买很多斤大米。有一次毒瘾来了，没有钱买毒品，坐立不安，心里像猫挠一样，火急火燎，就去偷老乡的鸡想换毒品，没想到偷鸡的过程中被狗咬了，他撩起裤脚指着

八年前他还是县里的一位致富能手，吸毒后感染上了艾滋病，这张照片照后不到半年就去世了

在麻风村戒毒成功的且沙牛日娶了村长的女儿，还生了 3 个孩子

小腿告诉我，你看这里还留着伤疤。偷东西失手的时候，他进了好几次拘留所，最长的时间在里面待了半个月，出来时向警察保证以后再也不偷了，不打人了。可是没多久，毒瘾犯了，一切都忘了，六亲不认。

当时他20出头，是一生中身体最旺的时期，1.78米的大高个，体重只有104斤，浑身上下没有一点儿劲。一起出来的小伙伴，有因为吸毒死亡的，有感染艾滋病死亡的，有肺结核死亡的，有爬火车的时候摔死的，还有偷盗的时候从人家家里跳楼摔死的，还有斗殴被打死的。这些人死在外头，只有家里人过去，把他们火化了，带一块骨头回家安葬。还有一个伙伴死在监狱里，狱方把遗体火化以后让家里人领回去。他父母因为交不起火葬费用，看了一眼火葬场提供的照片就回去了。这些事看多了，且沙牛日再不想留在外面，他想回家。

家乡早已不是原来的那片净土，村里的人也会吸毒，也会感染艾滋病。虽然政府已经开始严厉打击吸毒，可是人们还是有自己的渠道搞到毒品。且沙牛日说他亲眼看到家里的老人毒瘾发作的时候因为搞不到毒品被活活折磨死，他也看到一个吸毒的叔叔被家里人打死。他想戒毒，用他的话说“我想改”。可是当地毒品蔓延，对一个吸毒的人来说毒品的诱惑是无法抵抗的，就像饿了三天看到白面馒头一样，只要有毒品在，他就熬不过去。

且沙牛日小时候听父辈人说过，布拖县乌衣乡山下有个与世隔绝的麻风村，谁都不愿意去，他想到那里去戒毒。且沙牛日一个人偷偷从家里跑出来，带着疑问，带着希望，踏上了通往麻风村的崎岖之路。跑到麻风村外面，与麻风村一河相隔，他不敢过去，就守在河边。麻风村里的村民看到他孤零零一个人在河边住，会给他送些吃的，一来二往，他觉得麻风村并没有想象中那么可怕。且沙牛日就跟村民说他想在村里戒毒。麻风村是一个封闭村，不收留外面的人，当然也没有外面的人来，村长吉列史尔召集全村开了一个会，最终大家同意收留了他。戒毒的过程是痛苦的，难忍的，尤其是毒瘾发作的时候，他觉得撕心裂肺，头昏脑涨，他想过死，想过放弃，甚至还打伤了一个看顾他的麻风病人。然而村民们并没有嫌弃他，也没有厌恶他，而是很照顾他，给他采了很多山药，为他煮汤喝。当他清醒的时候，看到外面劳作的麻风病人，那些人拖着残缺的身躯在田间劳作，为生计，为儿女，他们活得那么吃力，可是从来没有放弃过，他就又有了坚持下去的动力。这样反反复复，毒瘾发作的间隔越来越长，发作时间越来越短，他终于成功戒毒了。戒毒成功以后，他继续在村长家干活，村长的女儿嫁给了他，还生了3个孩子，现在生活很平静。且沙牛日曾经告诉我："如果没有这群麻风病人，我早死了。我听说当年跟我一起出来的那批人，80%都死了。"

麻风村的村民们可以用包容的心接纳一个吸毒的人，为什么他们的亲人，他们的乡亲，他们的父母官却不肯接纳他们呢？这个问题很复杂，我找不到答案，我想这与他们生存环境有很大的关系吧。但是我又想，当年是麻风病人为了家里人、村里人、陌生人，到山林中独自生活，隔绝了人世。而今，他们已年迈，他们已步入人生的最后时期，他们已丧失了劳动能力，他们又该何去何从呢？

第十章　6万块钱的秘密

钱智昌把6万元存款的秘密告诉我是在我认识他的第三个年头。他怕我每次来看他再从成都带日常生活用品给他，更怕每次告别的时候给他留一些零用钱。他知道我是公务员，生活并不太富裕，如果长期这样帮助，一怕影响我的生活品质，二怕削减他自己的意志。他要继续以残缺的肢体来证明自己和正常人一样，甚至还要更强。

后来钱智昌告诉我，他的6万块钱有56000块都借给了村里或村外一些急需用钱的人，有人生病要动手术找到他，有人盖房子缺一点钱找到他，有人办红白喜事缺钱也找到他，他都毫不吝啬地借给他们。我问过他几次借出去的钱是否收回来了，他在给我的信中回答我："我居住在康复村（麻风村），这些年来，这里有70%以上的居民都向我借过钱或粮食，大部分都按期归还给我，其中也有少数没有还，我也没有向他们要。借钱借粮给他们的目的一是为了解决他们当时的急需；二是为了鼓励他们能像我一样勤奋劳动，靠自己的双手发家致富。"这封信我看了很多遍，还跟妻子、儿子念了很多次。

2012年7月中旬，我到西昌出差抽时间去看他，前段时间下暴雨，去森科洛村的路塌方了好几处，半个月都没修好，于是我们只能徒步进村。雨后的太阳很毒，天气又热，我给钱智昌带的东西也多，再加上摄影器材足足有上百斤，来回要走四五个小时。多亏了当地的老乡，他们知道我要去钱智昌那里，都主动帮忙乐意为我们扛行李和器材，我很感动，为感谢他们的相助，我给他们买了矿泉水和香烟。

一位叫沙马木嘎的中年人跟我走在一起，他肩上扛着，手里提着，还要过来帮我背相机包，我谢绝了。一路闲聊中，他告诉我钱智昌是一位非常好的人，6年前他妻子得了急性阑尾炎，在普格做手术差2600块钱，就是

森科洛村塌方的公路

钱老借给他的，两年后才还，如果不是钱智昌借钱给他，他妻子可能就活不到今天了。如今他们全家都很感谢钱智昌，当他看到我，知道我是帮助钱智昌的，他就主动来帮我扛东西。一路上两个小时，他都在给我讲钱智昌的故事，讲他资助一些读不起书的孩子们，讲他给考上县上和西昌学校的学生每年发来回的路费，他的讲述让我对钱智昌更加敬佩。

沙马木嘎那天一直陪着我，不但把我们顺利地送到钱智昌家里，还代钱智昌把我们送出塌方的路段，一直把我们送上了车。我知道他帮助我是因为钱智昌，是为了报答钱智昌的恩情。黄昏时刻，我的车直奔西昌，下山不久邛海就在眼前，夕阳的余晖让邛海更加美丽和宁静，这种景色是我路过多次也难得一遇的美景，但我的脑海中浮现的却是沙马木嘎讲的故事。

钱智昌是远近邻里出了名的好人，很多人说起“钱智昌”三个字，都会竖起大拇指。钱智昌在村里不算条件好的，但是他爱帮助人。只要别人有需要找到他，他能做到的绝对不说二话就帮忙。

有一次，我去看望钱智昌，正好赶上政府在给他翻修房子。跟他聊天的时候，一位在旁边干活的小工，就忍不住跟我说钱智昌怎么帮他。那位小工叫谢安林，有3个孩子。当年儿子娶媳妇，彩礼钱不够。他就找到钱智昌，钱智昌借了1万元给他。我问他为什么找钱智昌，他说从小就听说钱智昌心好。办喜事那天，钱智昌又送了100元的红包给他，他们家没饭吃了，钱智昌给他们家送粮食。谢安林说是钱智昌让他儿子娶上了媳妇，是他的恩人。

谢安林刚说完，一位叫吉时阿日的村民也插嘴了。他儿子当年考大学，学费不够。钱智昌借了28000块给他，让他给儿子交学费。钱智昌说，孩子有机会读书，我们做大人的应该支持。他们是祖国的建设者，是国家

钱智昌借了 28000 块给吉时阿日，如今还有 2 万未还

未来的希望，这个忙一定要帮。娶媳妇找钱智昌借钱，孩子上学找钱智昌借钱，家里人生病读书找钱智昌借钱，甚至有人日子过得苦熬不下去了找到钱智昌，钱智昌也是毫不犹豫地借钱。在这很穷的地方，钱是很金贵的，借钱是一件很难的事情，收款却远比借款更难。

2013年六一节快到了，我去贡嘎山乡看望几所乡村小学的支教老师和学生，这几所学校都在海拔3500米以上，那里分散着7位支教老师，他们都是刚走出大学校门的优秀青年，其中一位组织者是清华大学研究生，他叫杜爱虎，在玉龙溪村小已经支教两年。

为了这一趟我准备了两个月，出发前我为他们带的学习用具和生活用品把整个越野车的后备厢装得满满当当的。当然也少不了钱智昌和王昭芬的用品，我打算在回成都的路上途经石棉时绕行300公里去普格县看望两位老人。

从康定出发的那天早上，我5点钟就起床，开始计划当天的安排。6点20分左右，估计钱智昌已经起床了，我给他通了电话，告诉他下午要去看他，电话里传来了他熟悉的兴奋声音，他问一行几人，他好准备饭。还提醒我们，前几周下大雨，有几处塌方，昨天才修好，但是路很难走，让我们一定要注意安全。

与我同行的藏族摄影家叫多吉彭措，一路上我给他讲了这5年来我和钱智昌的故事。当我告诉他钱智昌是“4 · 20”芦山大地震发生后，第二个给我打电话关心我的朋友时，多吉彭措脸上露出了羡慕的表情，他说你们的友谊太难得了。

下午四点半我们顺利到达了森科洛村，那时天朗气清，抬头仰望一片湛蓝，那么透，那么清，太阳不再刺眼而是发出了金黄的晕光，那么温暖，那么和谐。离钱智昌的家门口还有100米，我就看到他在屋后的玉米地里刨土和除草。他身着一件白色圆领短袖T恤，头顶草帽，脸上挂着一副黑色墨镜，显得很酷。我悄悄地走到他的身边，还没有来得及打招呼，他就看见了我，“你们来得真快，一路辛苦了。”说着他就收起了锄头，准备带我们回家。这块地的玉米比我沿途看到的玉米长得更高，更壮，不仅行距整齐，而且没有一丝杂草。钱智昌告诉我，他10天松一次土，半个月施一次肥，今年这块地的收成一定超过去年，再创佳绩。

我这次去看望他，离“4 · 20”芦山地震一个多月的时间，他很关心地震的情况，问我是否去过灾区，我说“去过”。他说从收音机和电视里了解灾区的情况，心里很痛，后来看见了习近平主席、李克强总理和部队官兵社会各界深入灾区，与群众在一起住板房的画面，真是激动无比。他说自己早就想为灾区捐点款，但不知道通过什么渠道，正好这次我来，他委托我给灾区人民带去1000元的善款。当时我心里很纠结，他一个月只有150元的国家低保金，他本身就是国家救助的对象，钱对他更加金贵，他赚一分一厘都要付出比别人更多的心血和汗水。我跟他说，你的心情我们都理解，支援灾区有国家，有我们，你就放心吧。

“4 · 20”芦山地震时，单位也要求职工捐款，当时像我这样的干部是捐600元，上不封顶，我捐了800元。而钱智昌毫不犹豫说出捐款1000元，顿时让我感觉自己很渺小，很惭愧。

从玉米地回到家中，我再次向钱智昌说了不要捐1000元的理由，最后他同意了我的建议，向灾区捐了他一个月的低保金150元。我请钱智昌给灾区人民写几句话，可他推了好几次说不写了吧，多不好意思的，钱太少了。我跟他说钱不在多少，这是心意，你的爱心、你的关心，灾区人民会

钱智昌花了半个小时，写捐款信

钱智昌把捐款信和 150 元低保金交到我手上

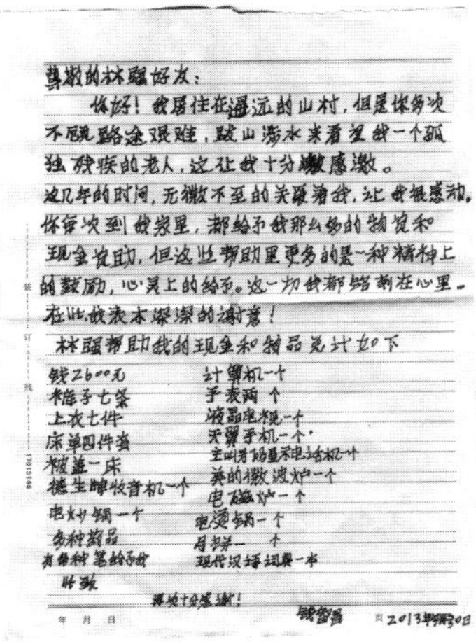

尊敬的林强好友：

你好！我居住在遥远的山村，但是你多次不顾路途艰难，跋山涉水来看望我一个孤独残疾的老人，这让我十分感激。

这几年的时间，无微不至的关爱着我，让我很感动。你每次到我家里，都给予我那么多的物资和现金资助，但这些帮助里更多的是一种精神上的鼓励，心灵上的给予。这一切我都铭刻在心里。在此我表示深深的谢意！

林强帮助我的现金和物品总计如下

钱2600元	计算机一个
裤子七条	手表两个
上衣七件	液晶电视一个
床单四件套	天翼手机一个
被盖一床	主叫号码显示电话机一个
德生牌收音机一个	美的微波炉一个
	电磁炉一个
电炒锅一个	电烫锅一个
多种药品	月饼一个
各种笔给予我	现代汉语词典一本

此致

再次十分感谢！

钱智昌 2013年5月30日

钱智昌给林强的信

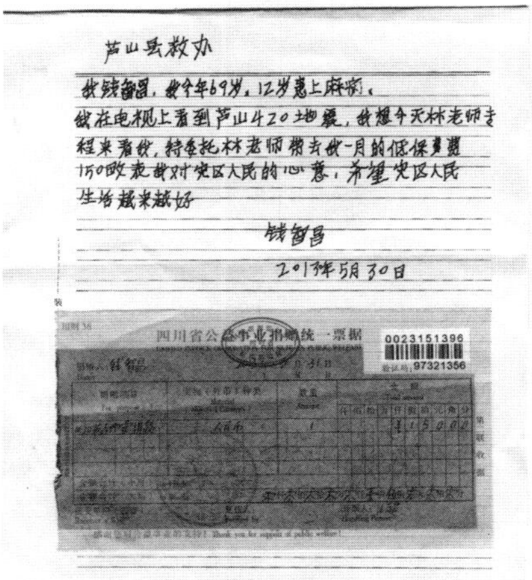

芦山县救办

我钱智昌，我今年69岁，12岁患上麻痹，

我在电视上看到芦山4 20地震，我想今天林老师专程来看我，特委托林老师带去我一月的低保费150元，表我对灾区人民的心意，希望灾区人民生活越来越好

钱智昌

2013年5月30日

四川省公益事业捐赠统一票据

0023151396

97321356

钱智昌捐款发票

知道，会感谢的，而且你的鼓励也是他们渡过灾难的动力和希望。最终，他回到了房间，用他那没有手指的手在半页纸上写道：

芦山县救办：

我钱智昌，今年69岁，12岁患上麻风。我在电视上看到芦山“4·20”地震，我想今天林老师专程来看我，特委托林老师带去我一月的低保费150元，表达我对灾区人的心意，希望灾区人民生活越来越好。

钱智昌

2013年5月30日

这半页纸上的80多个字他写得十分工整，一共用了半个小时。我趁他写信的时候向王昭芬老人了解家里的情况，看了他们的存粮和喂养的猪，我向她打听阿什子崇乡长是否再来过，王昭芬说要不是那次你带他们来，他们是不会专程来的。去年，因为森科洛村的路塌方，我的车过不去，只好求助乡长帮忙，那是阿什子崇乡长任期内第一次去钱智昌的家。一路上我都在给他讲钱智昌的故事，他也目睹了钱智昌收玉米的过程，临走时，他给我说了一句我现在仍然记忆犹新的话：“你记录的钱智昌的故事一定可以感动中国。”当时我没有回应他，只是希望这位基层的父母官有时间多去看望这位有尊严的老人。

听了王昭芬的话，我给阿什子崇乡长打电话，告诉他我在钱智昌的家，他似乎对我说的有关钱智昌的事情不感兴趣，几乎不听我说话，只是一个劲地希望我去他那里玩。后来我从钱智昌那里得知阿什子崇乡长已经调到另外一个条件好点的乡做乡长去了。我谢绝了阿什子崇乡长的好意邀请，心里想不知道哪位领导接任了这个乡。这个彝族乡所管辖的森科洛村目前还有42位彝族麻风病老人，在这样一个贫困的基层做领导，需要办的事情太多太多了，要把工作做到每一家，把温暖送到每一户，真是不容易呀。

告别前我把带去的衣物、水瓶留在了钱智昌家里，送我上车时，钱智昌又给了我一封信，他说这信是今天上午写的，你写书的时候一定要把这封信的内容写进去，当时我急着出发就没有来得及看信，便答应了他的请求。等我离开了森科洛村打开信时，我感到很惊讶，他竟然把这四五年来我帮助他的点点滴滴都记得那样清楚，那样详细。我捧着信不停地念叨："这个钱智昌，这个钱智昌……"

第二天下午，我到了芦山县民政局"4·20"捐款处，把钱智昌的信和150元低保金交给了一位年轻的女同志，我向她讲述了钱智昌的经历和捐款的过程，那位收款的王超同志连说了三个"谢谢"。

后来，我问过钱智昌："你一个残疾人，挣点钱那么不容易。村里很多青壮年都是手脚齐全的……"我话还没说完，钱智昌就打断了我，他说："我看不惯他们。他们就是懒，天天就知道喝酒、赌博，还脏，碗筷都不洗，菜和肉也不洗。现在社会好了，只要不懒都过得很好。"我说那你怎么还愿意帮助他们呢？他可能根本就没想过这个问题，很惊讶地看了我一眼，"老婆生病，娃儿要读书，娃儿要结婚，都不容易呀！"听上去前言不搭后语的话，我却知道，钱智昌是说看不惯归看不惯，可是谁家有困难了能帮还是要帮。

这些年，我也走过很多地方，帮助了很多人，有些人感激，有些人忘了，还有些人甚至会恨我。我有时候也会觉得很委屈，帮助他们的时候是

钱智昌给村长阿力尔泽我们的午饭钱，村长坚持不收，两人争执不休

出自内心，看着他们那种悲惨总觉得要做点什么，可再看看他们的那种懒惰，也会产生一种“恨铁不成钢”的气愤。再想想有些人那种淡漠的眼神和无止境的理所当然，也会感到一点点心寒。钱智昌似乎从来不去想这些事，能帮的就帮了，至于你是记得，还是忘了，他也不在乎，这并不影响他的生活。甚至就连钱能不能还，他也不去想，来还他就接着，不来还也不去要，反正现在生活够了。也许正是这种平和的心态，让钱智昌活得简单，活得轻松，也活得幸福。

现在的我们，之所以活得这么累，其实是心累。这种心累来自对他人的渴望。年轻人沉迷于朋友圈，是渴望别人的点赞或评论，在这个过程中他的心是焦灼的，是期待的，所以要时不时拿出手机看一眼，累不累？明星过于关注粉丝的态度和喜好，所以他们不能做自己，必须要时时刻刻保持最完美的一面，生怕一粒污点毁灭粉丝的热情，累不累？小孩子除了繁重的课业还要去上各种艺术班、奥数班、口语班，只为成绩出来的那天能够得到父母和老师的认可，累不累？父母早出晚归，辛勤劳作，伺候老板，服侍客户，也只为能够给孩子一个好点的生活环境，让他不比其他小朋友差，累不累？就连我，年过半百，还要周旋在各种场合，也是希望做出的事情能够让老百姓说声好，不辜负他们对我的期许，也很累。

累，又能怎样？还能怎样？

其实，我很羡慕钱智昌！真的！

第十一章　最美的体育场

去钱智昌家的途中，要经过一所学校，学校在山梁的最高处。周围群山林立，峭壁耸峙，沙棘丛生，在这样刚毅的风尘沙砾顶端绽放着一朵祖国的鲜花，它缓缓打开花苞，为麻风村带来明天的希望。从学校步行半小时的机耕道就到了钱智昌的家。在同钱智昌的交往中，这所学校是绕不开的话题。

20世纪60年代末，森科洛村集中了580多名麻风病人，这批麻风病人在这里得到了政府给他们的救治。大多数的病人被治愈后，在家里人的许可下，返回了自己的家乡，无家可归的人就留在了这个村里。他们相互之间通婚，成家，生儿育女，如今大多数的人已有了第三代。虽然国家已经开始实施计划生育政策，但这批麻风病人深处大山，当他们的生命得到了延续后，按照中国传统的思想和人类发展规律，首要的事情是繁衍后代。于是，20世纪八九十年代他们的儿女如雨后春笋般成长起来。

随之而来的，孩子们的上学问题就摆在政府和麻风病人眼前。周围正常人的学校不愿接纳麻风病人的子女进校读书，多年来，这已经是当地一条不成文的规定。长此以往，这已经成了习惯，学校不要麻风病人，麻风病人也不去学校，各自相安无事，谁也不打扰谁。结果就是，麻风病人的第二代几乎成了文盲。直到20世纪90年代末，在钱智昌等麻风病人强烈要求下，政府专门为森科洛村的麻风病人后代建了一所小学，森科洛村村小。

2005年，我顺着荞窝农场的山路到普格县城旁的向阳乡调研，在走访调研中，偶然一抬头，看见山顶上方飘着一面鲜艳的五星红旗。阳光下，国旗耀眼夺目；微风中，国旗展翅飞翔；绿幕中，国旗鲜红绚烂。虽然国旗离我很遥远，只能远远仰视遥望，但凭多年的经验，我肯定耀眼的国旗下方是一所学校。这让我心头涌上了一阵欣慰，阳光终于普照大山深处。

我迫不及待想要去探访这所学校，这是麻风村的希望呀！在崎岖扭

我心中最美的体育场——土法上马的林川小学体育场

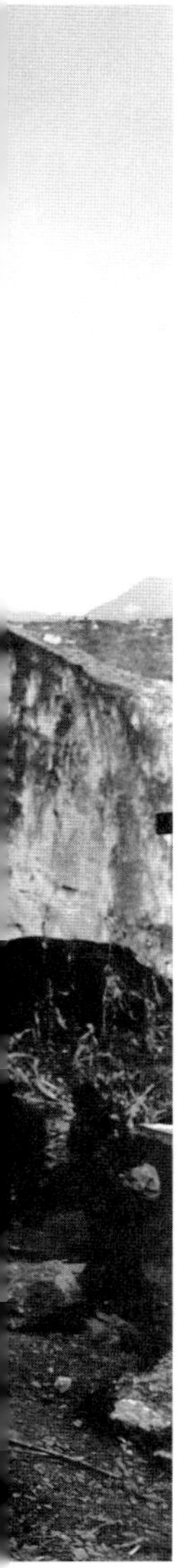

转的盘山小路上走了一个多小时后，我终于来到了这所学校，目睹了它的简陋。学校有三间砖瓦教室，灰色的土砖墙，木头窗棂，连玻璃都没有，教室里一面黑板墙，几张破旧的木桌椅摆得整整齐齐，教室背墙上贴着一面五星红旗。顶棚上是几根木头房梁，没有电灯，可能这里的孩子不需要上晚自习。旁边两间是教师的办公室，残破的办公桌上铺散着几本教科书和作业本。有的书皮都破了，里面被老师密密麻麻写着讲义，不知道这些书用了多少年。教室前面被左右两边的围墙围出了一块土坝子，这就是孩子们活动的操场。坝子大概有半个篮球场那么大，上面坑坑洼洼，还有一个斜斜的小土坡，围墙外是干枯的玉米秆，一眼望去，随着山风和山坡波浪起伏。在这一片萧索的操场中间竖立着一根铝杆，上面飘着一面五星红旗，红旗被风吹得哗哗响，这就是我从山腰看到的那面。

学校的老师告诉我们，这里一共有两位老师，一位老师因为生病长期不在校，平时都是他招呼学生们，能教多少是多少，肯定跟城里的孩子是没法比的。据我了解，全校应有53名学生，当天我只见到了18名。那位老师告诉我，这所学校刚建的几年，孩子们还能坚持来上学。听说现在又要被撤并掉了，这半年基本上没人管，孩子们也越来越少了。我问为什么，她说是上面的要求，我们也不知道。我了解到这是国家近几年推行的“撤点并校”的政策，合并乡村学校，集中优势资源办好学校。这里环境的确恶劣，教室的窗子烂了，再加上山上的风很大，有的瓦都被掀开了，吹落到地上。一间教室屋顶上还透着几束闪烁的光亮，如果下雨，教室里的学生就会遭受“屋漏偏逢连雨天”的悲惨。尽管如此，这里毕竟是麻风村孩子们的起点，这里没了，他们要去哪里呢?

带着这个疑问，我开始找村民进行调查，听取了他们的意见。政府的

体育带给孩子们快乐

孩子的笑容比金牌更亮

10 年前，面临拆迁的森科洛村村小

2016 年，10 年后的森科洛村村小

意思是撤掉森科洛村村小，把这批孩子强行塞进附近的中心学校。中心校教学环境要好一些，老师的水平也高，可是村民们却纷纷表示不愿意让孩子们去中心校。他们说就算中心校收下这批孩子，学校里的老师和其他孩子的家长也会不满，孩子们去了以后会受歧视，他们不愿意看到自己的孩子受欺负。而且中心校离森科洛村有很长一段距离，都是山路，孩子们每天上下学大概要走4个多小时；再遇上刮风下雨或者山石滚落，泥石滑坡，谁来保证孩子们路上的安全？他们还是希望保留森科洛村村小，环境差点归差点，但孩子们开心，家长放心。

第二天我带着群众的愿望，凭着多年教育工作的资历，找到了县政府的领导，给他们讲明了要保留森科洛村村小的理由。政府很重视群众的意见，再加上我是省教育厅的干部，森科洛村村小最终保住了，学生开始多了起来。钱智昌看见每天背着书包上学、放学的孩子们，心里很高兴。

在我认识钱智昌的第二年里，得知我在阿布洛哈村办了一所学校，钱智昌就经常问我学校里的情况。为了让他对阿布洛哈村林川小学有直观的感受，我洗印了许多林川小学的照片，一张一张给他讲解照片中的故事。其中有一张图片，他看了又看，问了又问，他对那张土法上马、因地制宜建立起来的体育场很感兴趣。后来我们两个把这幅照片取名为“我心中最美的体育场”。

那个体育场被海拔三四千米的高山包围着，周围一座一座大山拔地而起，宛若天界四门将士守卫着这一片净土。这里的空气是清新的，泥土是粗粝的，树木是壮实的，就连杂草也异常坚韧。傍晚，炊烟升起，与山林中的雾气交融，为体育场增添了一抹温馨和轻柔。这块体育场是2005年8月，我为林川小学全校34名学生在山坡上劈出来的，面积有400平方米左右。我

孩子们在钱智昌自造的篮球场里投篮

徒手把大的石块搬走了，平整了土坡，又用树干和藤蔓制作了一些简单的体育器材，如单杠、跷跷板、秋千、双杠、软梯等。设备虽然简陋，但孩子们玩得开心，他们在这里面尽情享受着体育的欢乐，感受着运动的魅力。

有一次，钱智昌问我有没有孩子玩的球，我说我的后备厢里有排球。我每次进山时，汽车后备厢都装满了体育器材，这是我多年的习惯。这次出发的时候，也塞满了篮球、排球、足球，一路上分送给各个学校，到钱智昌家时只剩下了几个排球。我把剩下的所有的排球都给了钱智昌，我以为他要拿来送人。没想到，第二天在他房门前我看到了一个简易的篮球场。他用铁丝把他背玉米的背篓绑在了房门前的那棵老树的树干上，小背篓挂在树干上的高度大概与我齐高。背篓的口径正好比排球大一倍多，背篓的下方被剪刀剪空了，树前的地坑也都被填平了，钱智昌用自己的手给孩子们建了一个篮球场。

我完全明白了钱智昌跟我要球的原因，他是想让那些孩子放学回家的时候在他家的门前享受到片刻体育的快乐。的确有不少的学生在钱智昌建造的体育场里玩得开心，他们交上了朋友，他们发现了体育的乐趣，他们的脸上洋溢着自信的笑容。

有一天，我看见几位小学生冒着小雨在钱智昌家门前的体育场里玩球，整个排球被烂泥包裹着，脏兮兮的。他们把球投入篮筐的时候，滑倒了又爬起来，爬起来又滑倒了，一个个满身泥泞，满脸泥水。这并不影响他们玩球的兴致，他们完全陷入了运动的乐园中，乐不可支，笑容绽放在我眼前，笑声回荡在山间。这个场景让我很感动，感动中又带着一种羞愧。这样的场面我已经有很多年没有见到了。

我回到城市里，再走进学校，接触那些宽阔而现代的场馆，看见那些场馆的名字取得那样豪迈，那样有文化气息，那样充满着运动的味道，可那些应该挤满学生的场馆里只有寥寥无几的身影，我心里有说不出的心酸。他们上体育课的时候，老师领着全班同学围着操场跑了一圈，然后安排男生拍两下球，女生席地而坐观看男生拍球，40分钟到了，体育课就结束了。我问老师为什么不安排男生对抗？他说怕孩子们受伤，负不起责任。高三基本上没有体育课，都被语文老师、数学老师、英语老师占满了。体育课总是其他老师的抢手货，谁下手早就是谁的。曾经还看到一个新闻，某学校初中生800米测试，猝死；也有新闻报道某高中女生在地铁站晕倒。

每每看到这些，我不知道该说些什么。当年我读小学的时候，学校只有两个乒乓球台，为了抢占乒乓球台，临下课前总是先迈一条腿，做好起步姿势，下课铃一响，那真的是离弦之箭，嗖地冲出去。我后来短跑成绩不错，可能也是这种争抢练出来的。跑的过程中，为了躲避人群，还要学会溜缝，绝对可以做到身过不留痕，大家为此都练就了一身“轻功”。如今，这样生动的场面已经很少见了。下课孩子们都老老实实坐在座位上，聊天，趴着补觉，还有人抓紧一分一秒地做作业。

我做教育工作马上就30年了，30年对一个人来说是段不短的岁月。孔子说，四十而不惑。我现在已经60多了，可是教育发展中的一些问题总弄不明白，了解得越多，问题越多，问题越大，却又得不到答案。我有时在想，是我自己太笨，还是自己工作不努力，还是我们教育真的出了问题。

我翻开了我20年前的工作笔记。以前我一直以为影响学生体质健康的是体育器材和场地，经过30多年的了解和实际接触，我才知道影响学生体质健康的不仅仅是器材和场地。29年前我从部队转业到四川省教委做的第一件事情就是对全省（包括现在的重庆市）的学校体育设施的普查。当时全省有8万多所中小学，有1800多万中小学生，学生生均体育活动面积为1.27平方米，全省中小学标准的400米跑道的田径场仅有4个，而且其中两个是建于20世纪30年代。20多年后，从四川省教育厅统计的数字显示，小学生生均活动面积提高到了4.39平方米，中学生提高到了4.87平方米，全省中小学的400米跑道田径场已突破了300个，而多数都是塑胶跑道和草坪球场。个别学校不仅有两个400米跑道的田径场，而且还盖有球类馆和游泳馆，学校为这些体育场馆配备了体育设施，购买了各种设备和器材。这些场馆和设施更加完美，更加合乎国家、省、市所规定的标准，这些变化是惊人的，虽然难以计算出建设这些体育场馆和设施用去的资金和占用的土地面积，但每年相关单位都会把这些变化和成绩欣喜地写进总结报告里。

2016年，我在政协的提案是《关于进一步加强学校体育工作促进学生体质健康的建议》。为了写这个提案，我从教育厅调研学生体质健康情况，看完数据，感到很不乐观，很纳闷。学生的肺活量和耐力指标，虽然较5年之前有了改变，但是和20年前相比，几乎没有明显变化，而且部分年龄段有所下降。更为严重的是，城乡的肥胖和视力不良的学生增多。

青少年儿童的体质健康水平直接关乎我国的人才战略、国防战略、经济发展战略。它是民族昌盛、国家富强的基础。20多年过去，四川的学生体质健康没有什么变化，甚至某些方面可以说还不如以前，全国也差不多这个情况。中共中央国务院十分重视学生的体质健康，2007年专门下发了《加强青少年体育，增强青少年体质的意见》，为学校的体育发展指明了方向。方向有了，路呢？有多少人认认真真朝着正确的方向努力，又有多少人走上了歪路，岔路？增强学生体质的路本就不平坦，绊脚石、荆棘一直都在，路边又长满了罂粟花，偶尔飞来的几只花蝴蝶，让未来更加未知。

如今，我们城市里的学校是应试压倒一切，教育部门是这个心态，可怕的是很多家长和学生也是这个心态。人生只有一个目标，就是应试夺冠，无暇他顾。政府一方面施加行政上的力量要求学生在体育活动上，必须达到多少时间，另一方面又不断增加应试教育的砝码。结果就是运动对于学校来说就是指标，对于老师来说就是任务，对于学生来说就是成绩，勉强完成指标以后就万事大吉。学生们无法从带着考评数字的体育中感受到任何运动的乐趣，他们会厌烦体育耽误学习时间，会抱怨体育课太累，会讨厌运动带来的汗臭味，甚至为了躲避跑步而开病假条。

我反复凝视着我拍下的大山深处的那些照片，那里的体育设施异常简陋，但洋溢着一片真情，没有虚伪和矫揉造作。钱智昌和阿布洛哈村林川小学的体育场，都给孩子们带来了游戏的乐趣和民间竞技的快乐，他们没有名次和奖牌，他们培养的人是在没有条件的情况下创造条件进行体育锻炼的能力，他们给人带来了终身受益的健康体魄。教育培养的是坚忍不拔的意志力，战胜自我的战斗力，民族脊梁的承受力，因此学生的体育健康比金牌更重要。

第十二章　一场特别的摄影展

听说政府要给钱智昌修新房子，我特意赶过去看望他。从我决定过去看他开始，就一直在琢磨给他和王昭芬带什么礼物。钱智昌之前多次跟我说，不要给他带东西，我也真心跟钱智昌平等交朋友，每次都带生活用品的确会给人施舍的感觉。我想这次一定要给他一个特别的、有意义的礼物。想了几天，我决定为钱智昌和王昭芬办一场摄影展。

选择办摄影展的灵感也是来自于钱智昌。我是搞摄影的，认识钱智昌也是因为摄影，可以说摄影是我们俩的“媒人”。他知道我曾经走过很多地方，拍了很多照片，所以每次我过去，他总是问我去了哪些地方，看到了什么样的景色，拍了什么样的照片，我知道这是他对远方的渴望。虽然我没有办法带着他走遍全国各地，但是我想为他展示全国各地的美景。出发前几天，我就在反复挑选照片。我想既能让钱智昌感受到山河壮丽，又能留下珍藏的回忆。选来选去，最终挑选了一部分风景片，一部分钱智昌和王昭芬的生活片，还有一部分森科洛村的状态片。

摄影展是选在黄昏的时候举行的，那时夕阳西下，大地仍然暖洋洋的，风停了，树静了，在外劳动的村民倦了，摇曳在树林间的一张张照片成了他们心灵的归宿。我们在钱智昌生活的空地上，选择两棵树，把绳子分别拴在两头，用夹子将照片固定在绳子上。一张张照片依次排开，向观者展示了钱智昌和王昭芬曾经的生活，展示了森科洛村过去的面貌，展示了长河大漠、高山雪岭。

照片挂出来以后，路上来往的村民有些感到好奇，也都过来参观。有个叫阿里的女孩看到其中的一张照片，眼泪就止不住了，她颤抖着指着照片中的一对老夫妇说：“这是我爸爸妈妈，他们去年过世了，这是我爸爸妈妈。”王昭芬看到她哭了，就把我叫过去，指着那个女孩子说：“她叫

特意为钱智昌和王昭芬办的一场摄影展

我把 7 前年拍的阿里莫色伟父母的遗照送给了她

向往山川大河的钱智昌

阿里莫色伟，之前你还去过她家，给了她父母200块钱，你还记得吗？”女孩我不认识，可这对老夫妇我怎么能忘记呢？

那是2010年的时候，钱智昌告诉我村里有很多麻风病人，就带我去一家一户走访。当时他们家只有阿里的父母两个老人，他们的脚已经开始腐烂了，伤口恶化得很厉害，他们每天只能坐在门前，晒晒太阳。我去的时候两人正偎依在门前，那种依靠和宁静，让我很动容，我就给他们拍了这张照片。走的时候我给他们留了200元钱，还通知西昌疾控中心的人来治疗，让他们定期过来复查。两位老人很感激我，那时候老头已经走不动了，老太太就过来看我，还给我送来蔬菜。这次来，我本计划着过去看看他们两位老人，没想到他们已经过世了。

我让女孩在父母的照片前合影留念，女孩不肯，只是站在照片前默默地流眼泪。我把照片摘下来，送给她，可能是这份关心打动了她，或者往事太伤感了，她接过照片就忍不住哭出了声，痛哭哀啼，泪流满面，泪珠一粒粒滴在照片上，滴在了她妈妈沧桑的脸上。我站在她身边，不知道该如何安慰她。也许，从她父母过世，她就一直坚强着，硬撑着，这张照片勾起了她心底的脆弱和思念，痛苦也是一种释放，一种怀念。我给她递了一张纸巾，陪着她，直到她哭完了，泪流尽了，才目送她离开。

女孩离开后，王昭芬走到我面前，“她还能见过自己的父母，还能看到照片，我连照片都看不到。”说着这些话，王昭芬也哽咽了，“我13岁的时候，父母就不在了。现在，我连他们长什么样都记不得了。”看着王昭芬沟壑般的脸庞，看着她枯木般的手背，听了这些话，我也很伤感。她是个命苦的女人，一辈子没有过过好日子，从小被父母抛弃，临老了还要被儿子抛弃。我找不到安慰她的话，只能陪着她伤心，陪着她难过。王昭芬心里也是有怨的，这些苦、这些怨她平时都埋在心里了。还记得前年清明节的时候，我给她买了一些香和冥币，让她祭拜自己的父母。她跪在地上，拖着哭腔唱诵，虽然听不清词，但我知道她在倾诉，倾诉积压了几十年的痛苦和怨恨，那种趴在地上起不来的痛哭是我这辈子见到记忆最深的一次。

之前，我并没有想到这次摄影展会有这样的场景，我没想到一张照片会给他们带来如此大的冲击。可是它发生了，因为这是麻风村，一个封闭了半个世纪的山村。

当沉寂的山村，逝去的老人，熟悉的面孔，耀眼的雪山，刺目的沙漠，……这些照片摇曳在风中，钱智昌和附近的村民们，缓缓地走在照片前，一张张细看，一张张讨论。

“这是谁谁谁，那个是他小女儿吧”，“那个谁谁已经不在了，哎”，“这个我记得，我在写信，林强给我拍的”……

“群山中的……这是什么翠”，“翡翠，fěi”，“哦，对对对，翡翠，群山中的翡翠”……

“这是什么？”，“羚羊，藏羚羊”，“哦，这就是藏羚羊呀”……

这些对话时不时传入我的耳朵里，让我觉得很亲切，很自然，仿佛又见到了当年的钱智昌，回到了原始的麻风村，回到了拍摄的山河中，回到了7年前的神山圣湖。听着他们的讨论，我也不自觉地陷进美妙的记忆中：这些壮美的画面拍摄于2009年，那年我驱车60多天，行驶了祖国西部5个省，途经120个县，行程达18000公里。所见所闻让我的心灵再一次净化，奔波的一天结束后，我总是情不自禁记录当天的情景、心情、感动，写下了《在那遥远的地方——边疆万里行日志》，书中表现了我从自然的宁静，圣山、圣湖、淳朴民风中获取到的前所未有的力量。

我还记得2009年6月19日那篇日记：《比世界屋脊更高的女人》。西藏阿里的帕羊镇地处圣山、圣湖之间，海拔在4500米以上，镇上有一家叫“川府天源饭庄”的小饭馆，饭店的老板是个女孩。店里只有两个人，女孩既是老板也是厨师。她非常热情，炒的菜非常地道，于是那几天我们每顿都在她那里用餐。吃饭时我们聊了起来，得知女孩叫邹春兰，一个人从四川遂宁到西藏已有5年了。她从内地一路走到阿里，被帕羊的壮丽雪山和神秘圣湖给迷住了，便在这里停留下来，开了一个小饭馆。5年来，她没有再回过四川，我感到很惊讶，关切地问道：“那么你的家人呢？”

“我很年轻就结婚了，我的孩子都5岁了，老公现在在深圳打工。”她的话让我们大为吃惊，这样算起来，孩子出生后她便独自离开家，来到了这里。这让我很吃惊，怎么会有母亲在孩子刚出生就舍得离开他呢？她告诉我，她要找钱，要挣钱买房，给家人和儿子好的生活，要让他们活得好。这里到了冬天，气温常常是零下30多度，晚上一直烧在炕上的开水到了早上也变成了一壶冰，而且方圆几十公里不见人烟，连做生意用的食材都要从拉萨运过来，条件极为艰苦。为了让家人生活得好一点，5年的时间她一个女人独自在这样的地方经营饭馆，这是怎样的坚忍，听她说着我不觉动容。“那你一个人在这里生活非常不容易的啊！”我不由发出这样的感叹。“习惯了……”这是她的回答。

这样的回答让我们心疼，也许我们很容易习惯平静安稳的生活，但这样的艰辛苦楚，是有很多实际困难和不堪忍受的寂寞的，谁能真正习惯？这样一个柔弱的女人，为了改善一家人的生活条件，默默承担，默默付出，只淡淡地说一句“习惯了……”并无一句怨言，这般隐忍缄默，让人

《比世界屋脊更高的女人》的主人翁

感叹中国妇女的勤劳朴实，吃苦耐劳，有时会让须眉男子也心生感慨。

“有空的时候还是回去看看儿子，一直在外面这样待着也不是个办法。”临走时，我向邹春兰这样说道，在她的眼里，我看到了有晶莹的东西在闪烁。汽车启动时，她一直站在她的饭馆前目送我们，我从反光镜中看着她的身影渐渐变得模糊……

那之后过了3个月，四川文艺出版社出版了这本书，我给邹春兰寄了两本。两年后的一天，邹春兰找到了我的办公室，突然的见面让我惊喜和意外。我见她瘦了，也憔悴了很多，我问她什么时候回来的？孩子和家人都好吧？她没有正面回答我，只是一再说书里把她写得太好了，然后就低着头不说话了。半晌后，她向我道出了苦水：她回来以后，买了房子，改善了生活条件，却离了婚。什么原因，我没有追问，却能隐约猜测出大概是常年两地分居的寂寞和诱惑。她说她可能再也没有机会去西藏了，现在儿子已经上学了，父母年龄也大了，必须留在他们身边，陪着他们。从她的谈话中，我感到一丝忧伤，一丝不舍，还有一丝失望。我趁着她去卫生间的时候，给她准备了一点钱，放在信封里，想告别的时候表示一点心意。这次见到的她，已经失去了以前的风采，人无精打采，生活安逸了，心里却空了，就像失去了方向的迷途羔羊。我请她吃了一顿便饭，用了两个小时的时间给她讲了钱智昌的故事，她一直静静地听着，没有打断我，也没有询问，听到后面，我察觉她的眼睛里渐渐有了光，有了希望，有了信心。走的时候，我没有把钱拿出来，我知道她现在需要的不是钱，我相信她会挺起脊梁，又是那个“比世界屋脊更高的女人”。

收起回忆，整理好心情，我一张一张地给钱智昌介绍了珠穆朗玛峰、喜马拉雅山、雪域神山、雅鲁藏布江、贡嘎山，给他讲述了图片中的景色，讲述了我当时拍摄时的惊心动魄，讲述了沿途的人、事、物。钱智昌不断地发出感慨，雄壮呀，山河美丽。他说真的没想到我们的祖国如此美丽，如此壮观，我们活着的人应该尽情地感受这些大美。看着这些风景，他给我讲述了他出游珠江三角洲的经历。

2013年，钱智昌在电视上看到了珠江三角洲的盛世美景，他心动了，想亲自去感受那种繁盛壮阔。他找到了凉山州麻风病防治中心，申请他们支持他的旅行计划。可是防治中心考虑到他是一个麻风病人，担心他会传染给沿途的路人，拒绝了他的请求。钱智昌倔强的小脾气又上来了，他觉得自己和正常人一样，他想去看看。他说人活一世，草木一春，过去就没了，他想要抓紧这一生完成他的心愿。于是，他谋划了行程、路线，准备了足够多的钱，就去西昌买了火车票。他从西昌途经昆明转车到了广州。

他游览了广州城、珠江大桥、中山纪念堂、陈家祠等景区，他见到了文人墨客留下的画章，他领略了滚滚江水的豪迈，感受了高楼林立、车水马龙的繁华，也欣赏了霓虹灯闪烁的绚烂。这一趟旅行，让他的视野更加开阔，心胸更加澎湃。外面的世界对他充满了诱惑，他想出去，我们在聊天的过程中，他多次表达想要出去的愿望，他觉得外面的世界很精彩。我静静地听着他的向往和愿望，舍不得打击他对外面的美好想象，寻思着找个机会带着他去北京，可是外面的世界真的那么美好吗？

“世界那么大，我想去看看”，远方很吸引人，远方的壮美会让我们忽视眼前的宁静，远方的引力会让我们忘记家的温暖。现在的年轻人总在谈诗和远方，厌恶生活中的苟且，可是诗与远方何尝不在生活的苟且中呢？曾经，我想过把钱智昌接出来，像他说的找个地方让他打扫卫生、看大门等。这种念头无数次出现在我的脑海中，又无数次被我否决了。我怕，我怕城里人异样的眼神会伤害钱智昌的自尊，我怕城里人的指指点点会压弯钱智昌的脊背，我怕城里的乌烟瘴气会毁灭钱智昌心中的美好，我更怕他带着一腔希望出来，却背着一身伤痛回去。我很庆幸现在的钱智昌怀揣着远方的自由，却兢兢业业地过着自己的生活，在森科洛村这个小村落中享受一片安宁，却同样让很多人竖起了大拇指，为他钦佩，为他点赞。

森科洛村没有耸立的高楼，只有灰砖瓦房；没有热闹的公园，只有广阔的田野；没有迅捷的地铁，只有羊肠山路；没有灯红酒绿，只有炊烟袅袅；没有喧哗吵闹，只有宁静平淡。这里就像一座围城，里面的人想出去，外面的人又何尝不想回来？走访中，我问了几个儿女在外地打工的老乡，你们的孩子还回来吗？他们告诉我，会的，逢年过节、空闲时间都会回来。一位老乡特别自豪地告诉我："我女儿经常回来带酒给我喝！"这就是家，这就是家乡，这就是乡情，无论它多么贫穷，无论我们走得多远，总有一份眷恋在家里！

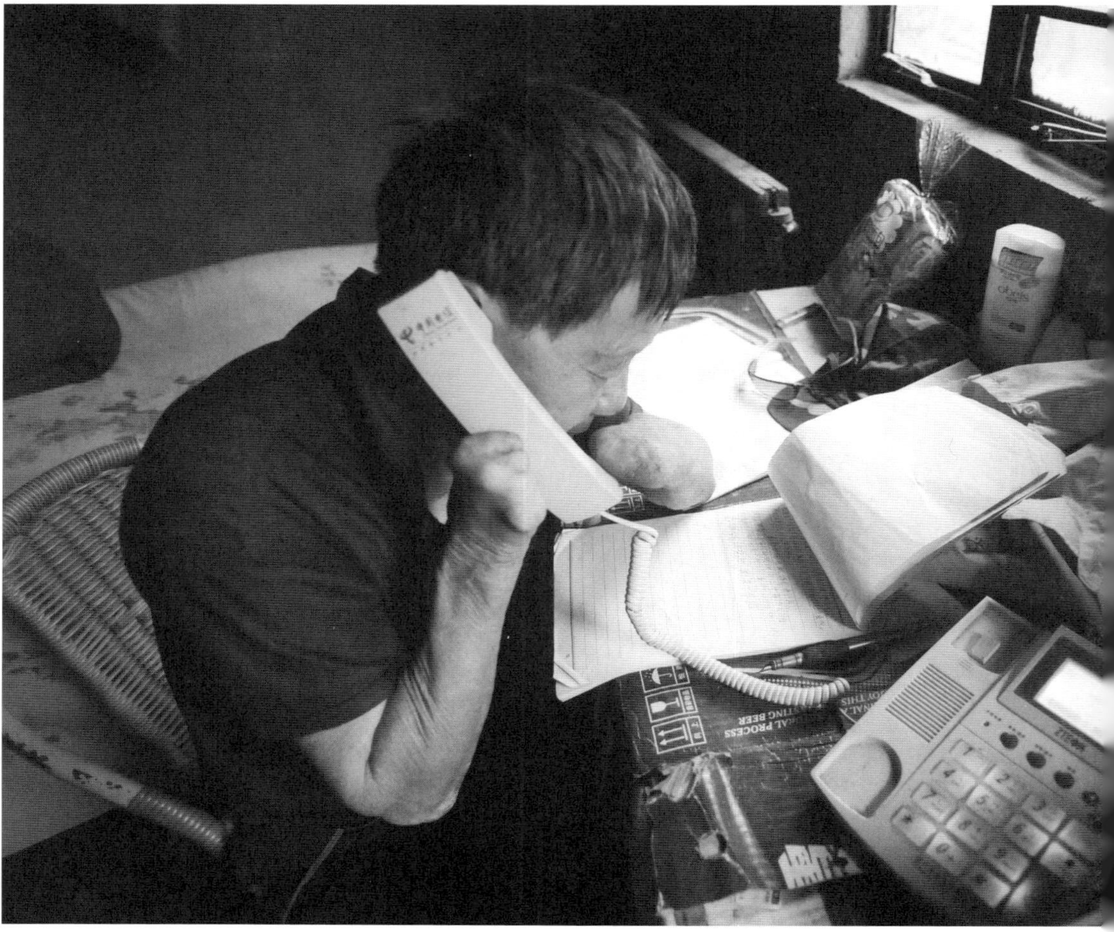

钱智昌跟我通话，还认真做笔记

第十三章　牢狱之灾

得知我要为他写本书，钱智昌仿佛有更多的话要跟我说。他跟我约定，每天晚上8点跟我通话半小时，可我工作上的一些烦事还有山里电话信号不稳定的原因，约定仅持续了两天就无疾而终了。听说我4月份要再去看他，钱智昌说他有好多话要跟我说。我对此一直挺疑惑的，毕竟我们私交9年，我以为对他已经足够了解了，直到他给我讲述了“文化大革命”的8年经历，我才醒悟过来，我与钱智昌能成为朋友是因为我们有这么多共鸣。

20世纪60年代，是讲究出身和家庭成分的年代。钱智昌是富农子弟，这一点，他从来不避讳，即便是后来居住地的官员询问，他也老老实实交代。那是1968年，村里的会计问他，如何看待当时的中国社会？年轻气盛的钱智昌，看到中国当时的惨状，说了如下的话语：“20世纪上半叶，国民政府腐败，山河破碎，民不聊生。共产党和解放军解救了人民，国民政府逃到了台湾。然而20年后，大陆的一些人民却衣不蔽体，食不果腹。”

二十几岁的他虽然身患重病，孤苦一人，但他仍然满腔热情，满腹激情。那时，在钱智昌的身边，在钱智昌的眼里，人民吃不饱，穿不暖，骨瘦如柴，形销骨立。钱智昌心痛，可怜，他不知道这该怪谁，这是谁的错。为什么勤劳的人们却要遭受这样的磨难？为什么四肢健全的人们却吃不饱饭？为什么他们要这样做？他想不通，他找不到答案，只能怪政府，只能怪政策。总之，钱智昌说了那样的话，他说了实话，却也给自己挖了一个坑。

村会计把他的话上报给了当地公安局，于是他被以“反革命”的罪名，拘留了8个月。在这8个月里，他被戴上了手铐和脚镣，脚镣是焊死的，无论白天还是黑夜都必须戴着。今天仍能看到他的手腕上有一条伤痕，那是手铐留下的永久性的勒痕。白天，他要被驱使着干活，修路、抬石板、挑石子，他一个残疾人却要干两个人的活。每天只给一碗玉米粥。到了晚上，他就被关在仓库地板下，地板与地面之间有40厘米的缝隙，平时养鸭子的地方，他就被塞在里面。人躺在里面，只能平躺或者侧卧，直不起身，也坐不起来。8个月，240多天，5700多个小时，他过的就是这样的生活。

那段历史虽然深深地印在他的心里，但他没跟我讲太多挨打和被体罚的细节，却谈起了与虱子斗争的生动故事。在拘留的8个月时间里，钱智昌没有洗过一次澡，没有剪过一次发。每天繁重的劳动活计让他出了很多汗，身上永远都汗津津的。长时间下来，他那两件蓝灰色衣服渐渐变成了白色、灰色、黑色，完全看不出来原来的颜色。身上的汗水，衣服上的汗渍发酵出来的臭味，让人呕吐，就连管教人员都不愿接近他，到他跟前都是憋着气。刚开始，钱智昌也是浑身不舒服，不舒服身上黏糊糊的，不舒服身上臭烘烘的，还不舒服周围人厌恶的眼神。渐渐地，他习惯了。而最让钱智昌头疼的不是这种熏臭，而是浑身的虱子。拘留的后几个月，钱智昌的头发已经长到半尺长，脏臭的环境加上繁盛的毛发成了虱子生长的天然保护区。钱智昌成了虱子繁殖、生长、活动的天堂。白天，他劳动的时候，虱子们还乖乖地藏在他的头发里，等到了晚上，钱智昌休息了，虱子们就开始狂欢。它们从钱智昌的头发里涌了出来，在他身上尽情地游走，放肆地吸食。它们的身体紧紧地贴在钱智昌的皮肤上，嘴牢牢地叮在钱智昌的血管里，享受一天的盛宴，就连他的腋下也不放过。虱子们放肆和疯狂地在钱智昌的身上留下了一个又一个红点，这些红点引起的瘙痒每天折磨着他无法入睡。钱智昌对这些虱子痛恨入骨，他每天都用手掌拍打着这些紧贴在自己身上的虱子，口里喊着“捏死你，拍死你”。他的手掌沾上

钱智昌住进了鸡棚的隔层，却比当年住鸭笼舒服

了血，指甲里浸入了血，这些血既是虱子的血，也是他自己的血。就这样，他每天晚上都要与虱子厮杀一场，战斗持续了数十天，虱子越来越少了，个头越来越小了，钱智昌渐渐看到了胜利的曙光。

时到今天说起那段历史，他仍然觉得委屈。他说："我一个残疾人，我能怎么反革命？我爱国，我遵纪守法，我平时自己都修路，我一直很感谢党和政府，我怎么会反革命呢？"这种委屈让他感觉自己很屈辱，他想过自杀，可是条件不允许，白天有人监看，晚上那种环境连自杀都是妄想。

8个月的拘留结束，他开始了长达7年的管制。管制就是完全限制人身自由，只能在规定的范围内活动，去任何地方都要打报告。在这7年里，钱智昌过得猪狗不如。白天，他仍然要出义务工，要劳改；晚上要接受批斗和审讯，要写交代材料。此时的他，不需要戴手铐和脚镣了，但是他干的活却要比拘留期间更重。他除了修路还要放牛、放羊，稍有懈怠就要被打。白天的劳改，虽然辛苦，可只是伤身，晚上的批斗才最伤心。在别人休息的时候，夜深人静的时候，钱智昌和两三个"反革命"分子开始接受两三百人的批斗。他们让钱智昌交代"反革命"的证据，交代组织在哪儿。钱智昌不说，也说不出来。得不到满意的答案，批斗的人就开始殴打他，他的右耳因为殴打受伤，至今都无法听到声音。那7年，钱智昌的身上经常血肉模糊，伤痕累累。冬天，说不出来，就被要求跪在雪地里，往身上泼凉水。用他的话说，遭孽呀！实在问得不耐烦了，钱智昌就说："我说的你们不相信，你们说的我也听不懂。我没干的事情，我不认。如果你们认为我有罪，现在就枪毙我，我不稀罕。"在这一段的讲述中，钱智昌多次提到"自杀"、"枪毙"这样恐怖的字眼，可以想象他当年是遭受到什么样的虐待。

除了劳改和批斗，他们还剥夺了钱智昌学习的权利。他们没收了钱智昌的书《三国演义》《红岩》，还有一些治疗麻风病的书，他们认为这是“四旧”，必须破除。钱智昌从老家随身带的旧照片也被抄走了，这是他“欺凌贫农”的证据。在他们面前，钱智昌成了一个赤裸裸的人，没有思想，没有情感，没有人格，没有尊严。可能这是钱智昌真正想要自杀的原因。他是如此坚强的一个人，面对病魔，幼小的时候就能独立求生；面对豺狼虎豹，他都能独自应对；可是面对身边的邻居、乡亲、父母官，他却想要自杀，想要死亡。“身可辱，志不可夺”，身体上的伤痛可以忍受，心灵上的伤痛却无法承担，一个宁折不屈的“士大夫”精神在钱智昌身上展现出来。

这让我想起我的母亲来，她也在“文革”时受到过批斗。那时，她一个“双手不沾阳春水”的大家闺秀，“宁静致远，淡泊明志”的知识分子，除了上课还要给全校的师生挑水，喂猪。她脱掉了裙装，扎起了裤腿；她放下了毛笔，拿起了扁担；她放下了心中的憧憬，拿起了柴米油盐；更重的是，她不得不舍弃诗词歌赋，外文典籍，承受起周围人异样的眼神、犀利的指责，还有夹枪带棒的谩骂。一家老小的生活已经压得她喘不过气来，那些指责和谩骂更是逼得她抬不起头。开始她在县中学教书，后来被贬到乡中学，每个周末只能回来一趟，走几十公里路回家看一眼家里的老母亲和4个娃娃。为了减轻母亲的负担，我周末会到火车站的河边码头挑石子，赚点生活费补贴家用；下乡的时候，我会走十多里路去母亲学校，帮她挑水。比起钱智昌，母亲身体上受的苦似乎要小一些，可是精神上的折辱更痛。

有一次，我在码头挑石子，正好碰到回家的母亲。她站在船上远远地

我的母亲在“文革”时期被批斗后，仍然手持着毛主席的画像对共产党表示心中的敬意

看着我，看着她的小儿子，15岁，和那些壮汉一起挑石子，扁担压得腰直不起来，脚步都是晃荡的。我不知道那时候，母亲心里是怎样的痛，是否后悔，是否埋怨，是否愧疚，是否自责，又是否会恨。我只看到母亲静静地站在那里，看着我，良久良久，然后默默地下了船。那天晚上，母亲没有说一句话，第二天一大清早就出发去了学校。也许那一宿母亲根本就没睡。若干年以后，我问过我的母亲，她说当时心里很痛，但也没有办法。这就是现实，那一刻的画面永远定格在少年的心里，每每想起那一个画

面，我都会唏嘘不已。

好在他们并不是孤独的，钱智昌在管制期间，放牛的时候认识了个志同道合的好朋友，游长林。游也是劳改犯，他比钱智昌大6岁，他们有共同语言，有共同看法，他们见面以后能偷偷聊聊天，诉诉苦。那时候游长林有个哥哥，是宜宾市委干部，但是为了避嫌，主动与他划清了界限。这种事情在那个年代很常见，为了自保，人们不得不做出一些违背良心的事情。我母亲的一个闺蜜，为了隔断与母亲的联系，主动向上面揭发母亲穿着父亲留下的大衣，指责母亲惦记父亲。这在现在看来很可笑，却真实存在于我们的历史中。当然，也会有些好心人给我们帮助，偷偷给钱智昌塞馍馍，偷偷给母亲搭把手。

在讲述的过程中，钱智昌突然告诉我："那时候，我'杀人'了。"我当时吓了一跳，我无法想象面前这个朴实善良的农家汉子会是个"杀人犯"。在他被管制的时候，一位姓方的村民有事要回老家，就把他养的猪托付给钱智昌，让钱智昌帮忙照料。邻居是一位姓段的住户，他家的猪总是来吃钱智昌家的饲料。钱智昌多次上门跟他理论，让他约束一下自家的猪。可是那位姓段的不管不顾，还是放任猪去偷吃钱智昌的饲料。有一天把钱智昌惹急了，他就把猪提起来，要把它送回邻居家。这个举动被邻居看到了，指责他打自己的猪。钱智昌那时候是管制分子，在村里受到各种歧视，有些村民把他当罪犯看待，仿佛殴打罪犯是天经地义的事情。于是段姓邻居就动手打钱智昌，钱智昌解释他也不听，钱智昌提出赔偿，那位邻居还是不收手，甚至用棒子打他。钱智昌被逼急了，起了脾气，他顺手从身上摸出一把小刀，就捅了那个邻居两刀。见血了，两人都吓坏了，急急忙忙送医院，包扎。警察来调查的时候，钱智昌实话实说，他向警察解释了全过程，还甘愿认罪，拿刀捅人的确犯了法。但是那个年代，法律并不是社会运行的准则，这件事后来不了了之。这是那个年代的一个缩影，也是那个年代独有的混乱。

庆幸的是，钱智昌和我的母亲都坚持了下来。钱智昌说他坚持的动力是鲁迅的思想，是纪伯伦的诗，是“乌云总有一天遮不住太阳”的信念。我母亲坚持下来可能最大的动力是家里的老母亲和4个儿女。

1976年，“文化大革命”结束，一批批人被平反了，钱智昌也终于迎来了新生。有一天，县革委会的领导给钱智昌送来一张盖了章的文件，告诉他以后没人管他了，他自由了。我问他有补偿没？他告诉我，那位领导说：“全国那么多人平反，你这算什么。”这样一场闹剧，在钱智昌一身伤痛，在我母亲一锥心痛中，结束了。

我问钱智昌，你恨那些批斗你的人，打你的人吗？他沉默了一会儿，摇了摇头，“他们很多都过世了，过去就过去了。”同样的问题，我也问过我的母亲，她的反应与钱智昌如出一辙，他们用宽大的心胸包容了过去的指责，用厚实的善念埋葬了过去的灾难。

后来我问钱智昌，这些话为什么之前不告诉我，直到今天才说。他说，我怕，我不敢，我怕说了不对头。的确，当年就是因为他说错了话，他遭受了8个月的牢狱之灾，7年的劳动管制。那个年代走过来的人，都很敏感，他不知道今天还会不会因为说了什么，遭受什么。他说老实人，要做老实事，说老实话。他不会说谎，只能不说。

如今，因为我的介入，因为我的行为，钱智昌在当地算是小有名气了，四川、香港、中国台湾等一些媒体或志愿者会过去采访他，帮助他。他们给他带去了帮扶，带去了书籍，也想带走新闻。有些媒体就会问他如

只要坚持就没有解决不了的困难

何看待时局，如何评价政府，如何评判政策。他告诉我，前两年，一个中国台湾的记者来看他，问他如何看待两岸关系，如何评价大陆的政府。他是这么说的：“你让我说政治，我不说，我怕你们把它截取到台湾媒体上，到时候又说我说了什么。我只能告诉你们一点，由于历史原因，台湾和我们分隔了半个多世纪，但是我们是一母同胞，台湾现在民主富强，我很高兴，不过两岸和平统一是我们的愿望。任何别的国家都没有资格来干涉我们国家的内政。我们现在互相尊重，我们两岸团结奋进，我们闻鸡起舞，我们13亿人口都盼着统一，统一是唯一结果。”

从他的言谈中，能看出钱智昌爱看新闻，爱分析时局，也对国家的政策有自己的看法和见解。他会读《习近平总书记十八大重要讲话》，会看《我的父亲》，他甚至会关心我国外交动态，关注国际局势。他只说美好的，说国家好的变化，说互相尊重，说平等共处。“现在社会变好了”、“现在生活好了”这样的话，不断地出现在他的话语中。他还拜托我去找一找当年的游长林，想看看他过得好不好，想告诉他，现在的生活已经实现了他们当年的梦想，他还记得吗？

今天，钱智昌活到了72岁，身体仍然硬朗，用他的话说：“我都没想到自己能活到现在。社会好了，国家好了，人们生活好了，感谢党，感谢政府！”我的母亲，如今已经96岁高龄，她最近身体不太好，可能需要截肢。听到这个消息，我整宿整宿睡不着觉，为我母亲感到心痛。她一生活得坦坦荡荡，勤勤恳恳，老了却要遭受如此折磨，做儿子的我不忍。有时候我会想，人人常说“善有善报”，为什么我母亲这样的人却不圆满？可这就是生活，这就是现实。换个角度想，我的母亲已经96岁了，她算高寿了，儿女们也都争气，她的一生也算圆满了。

芳林总是新叶催促着陈叶生，历史总是后浪推着前浪走，人生总是新一天取代前一天更迭。无论过去多么不堪，多么荣耀，过去总会过去。未来无论多么迷茫，多么期待，未来也总会来。人在历史的长河中只是一粒小小的沙尘，地球在浩瀚宇宙中只是一颗小小的星辰，无论你愿意不愿意，它就在那里，只进不退。

钱智昌与黄女士依依不舍地告别

第十四章　初恋，一生的遗憾

从12岁离家，钱智昌的一生就是孤寂的。他告诉我，他一生没有结婚，没有孩子，我一直为他感到遗憾。但他跟我说过，他的生命中，曾经出现过一个女人，姓黄，可是后来怕给她传染上麻风病，就忍痛让她离开了。那位黄女士，是他的一块心病，也是他的惦念。

2016年4月，我带他去看望传说中的这位黄女士，他一直念念不忘的女人。他们已经有20多年没有见面了，也不知道还能否找到当年的那个女人，心中的那份思念？出发前一天下午，我过去看他，那时候政府在给他们修房子，他只能住在露天的空坝上。几块纸箱子展开铺在地上，就是床；左右各两块红砖叠起，中间搭根铁棍挂水壶，就是灶台；空地上两棵小树，树枝伸展出来就是晾衣架；旁边修房子用的自来水管，就是洗漱台。钱智昌和王昭芬两位老人就住在这样的环境中，再加上跪在地上劳作，他身上的衣服脏兮兮的，人也黑了，憔悴了。临走的时候，我告诉他，明天带他去看望那位黄女士。明显能看出钱智昌的脸上瞬间露出了光彩。

第二天，我们五点半起床，天雾蒙蒙的，整个山庄还在沉睡中。到了钱智昌居住的地方，他已经穿戴整齐，黑色中山装，一副帅气的墨镜，头上还戴着一顶蓝色的帽子，斜挎棕色挎包，乍一看，洋气极了。同行的小姑娘直夸："钱大爷，帅！"

由于修路，那位黄女士也搬了家，我们辗转打听，终于找到了黄女士大儿子家。家门口有一条长长的葡萄架，钱智昌静静地站在葡萄架下等待着那位黄女士。远远地，一位老人过来，她步履有些蹒跚，短短十几米的路走出了人生的漫长。钱智昌拄着拐杖，看着黄女士一步步走到他的面前，我不知道那时候他在想什么，可能一片空白，可能在想："原来她变成这样了。"当黄女士站在钱智昌的前面，钱智昌欣喜地喊道："还记得

露天的临时居所

我吗？”钱智昌耳朵不好，说话声音很大，那一声更加高亢，更加激动。黄女士有些迷茫，看着他，瞅着他，想认又不敢认，想说话又不知道说什么。钱智昌又喊了一句：“我是钱智昌呀！”黄女士一刹那就清醒了，“啊！你怎么来了？”“我来看看你！”

两位老人，移步到黄女士大儿子的家中，他们俩有一段时间相顾无言，多情自古伤离别，半个多世纪的分离重逢，有千言万语想说，却无从说起。良久，钱智昌说：“你现在过得好了！”黄女士念叨着：“我脑壳有点昏。我病了很多次，很多事情都不记得了，脑子有点不好使了。”钱智昌告诉她：“过去的事情就让它过去吧，想不起来就不要再想了。”黄女士似乎对自己记不太清楚以前的事情很内疚，一直在念叨：“我病了很多次，脑壳不太好。”钱智昌对于黄女士的不记事，有些遗憾，有些无奈，那是一种物是人非的苍凉，感叹着：“哎呀，这个事情！哎呀，这个事情！”黄女士虽然不记得以前的事情了，可是她却关心地问钱智昌：“你的手好了没？”看到钱智昌没有手了，她很伤心，连连叹了好几口气。

钱智昌一直给黄女士解释，当年为什么让她离开，一遍又一遍地解释。他说：“我当年打你，骂你，是为了让你走，我没办法，你一定要相信我。”这时，黄女士突然插嘴：“你没有打过我，你哪儿打我了，你也打不过我呀！”钱智昌笑了，这是两人从见面开始，钱智昌唯一一次笑了。钱智昌说：“你现在过得好，我就放心了。你要是过得不好，我就给你钱。我那时真的困难，我害怕，我没办法，才送你走，我只能尽这一点责任了。”黄女士说：“我们那时候说要活到100岁，过去的日子过够了。”两人聊着家常，钱智昌拿出200元钱给黄女士，让她买点吃的，黄女士自然地接着，一个不是显摆，另一个没有推辞，一切都是那么理所当

20 多年后的重逢

两人轻松地聊着家常，钱智昌拿出 200 元钱，让黄女士买点吃的

然，仿佛在他们的心里就是这样。临走的时候，黄女士问钱智昌：“你成家了没？”钱智昌回答他：“没有，一直一个人。”黄女士沉默了很久，沉默到钱智昌离开。

走的时候，黄女士一直送他上车，两人走在长长的葡萄架下，阳光透过绿叶的缝隙打在他们身上，点点斑斓，细语呢喃，冲淡了离别的伤感，冲淡了生活中的痛苦，只剩下记忆中的甜蜜慢慢渗出，浸入心中，一点点加深，渐渐浓稠，调成一杯醇香的咖啡。我不知道他们两人聊了些什么，说了些什么，那是他们的世界，他们的二人世界。

回来以后，钱智昌就打开了话匣子，跟我道出了当年的酸甜苦辣。

1960年，在中国大陆上发生了一场天灾人祸。严重的自然灾害，让多地颗粒无收；砸锅炼钢，让群众家中无粮。人人都饿得骨瘦如柴，啃树皮、嚼草根、挖老鼠洞，能进嘴里的都不放过，即便如此，还时不时饿死人。那时候，钱智昌一个人住山洞，一人吃饱全家不饿。再加上他乐善好施，于是成了远近乡亲的“救世佛祖”。附近的人经常议论，某某山洞里有个人，他有地，有粮食，能吃饱。陆陆续续有些人来找他，找他借粮，请他救济，钱智昌来者不拒，找过他的人都没有空着手回去的。其中，不乏一些女人看到钱智昌这儿有吃的，再加上他那时青春年少，就想留下来，但是钱智昌都想尽一切办法让她们离开了。黄女士是例外。

黄女士是1960年2月找到钱智昌的。黄女士家住普格县城，离钱智昌的山洞大概有3个小时的路程，那时候黄女士也是实在饿得受不了了，才摸到了钱智昌的山洞。她是一个朴实的农家女子，跟着钱智昌的这一年里，她完美地充当了家庭主妇的角色。她真心实意地把钱智昌当成自己的男人，把这个简陋的山洞当成自己的家，她每天都精心地照顾着自己的男人，打理着山洞的家。钱智昌出去种地，她就在山洞里煮饭，收拾屋子，偶尔还会采些鲜花、野草，布置一下山洞，她的到来让山洞有了家的温馨。钱智昌种地回来，她会为他端饭洗脚，为他按摩，帮他祛除一天的疲劳，让钱智昌有了家的温暖。

钱智昌说黄女士比他大3岁，身体很结实，而且几个月的衣食无忧，让她整个人都焕发出美丽的光彩，无形中让钱智昌有一种前所未有的冲动。钱智昌知道自己有麻风病，不能有非分之想，时刻提醒自己克制，多次控制自己的冲动，但是年轻的身体抵挡不住女人的爱和柔情。对于情窦初开的钱智昌来说，黄女士就是那一块香甜的蛋糕，散发着诱人的香味，吸引他去品尝。

他跟我透露，他们俩的第一次恩爱是在月光下。那天，一轮弯月静静地挂在天空中，周围的星星都羞涩地躲进了云层中，好似害羞的小姑娘。只有远处星光闪烁，像偷窥又似好奇地探头探脑。银白色的月光洒在黄女士粉嫩的皮肤上，让她像女神一样圣洁。钱智昌感觉自己的喉咙发紧，心跳加快，呼吸乱得毫无章法。他悄悄地咽了一下口水，紧张地伸出了手，接收到黄女士鼓励的目光后，他又大胆地把黄女士拥进了怀里。那一刻，他觉得自己拥抱了全世界。他哆哆嗦嗦地把自己的嘴唇印在了黄女士的香唇上，品尝到了那块香甜的蛋糕。激动兴奋让他忘记了苦难，忘记了时空。那一刻他把身上的每一个细胞都调动了起来，血液也在沸腾，眼前一片白光，耀眼夺目，那种美妙，那种幸福，那种满足，完全无法用语言来形容。

钱智昌告诉我，那一年是他最快乐的一年，她是真的对我好。她会怕钱智昌累着了，会嘱咐他少干点，少种点地，够吃就行。她还会推磨，会把钱智昌带回来的粗糙的谷子、玉米粒磨成细粉，做成各种各样的糕点。在钱智昌的描述中，我从他脸上看到了沉浸在美好回忆中那种甜蜜，那种幸福，还有那种温馨。他们住在山洞里，条件虽然艰苦，却用自己的双手构筑了一个温暖的小家。钱智昌是这样形容那段时光：千年的铁树开了花，万年的枯木发了芽。

幸福是美好的，却是短暂的。一年后，钱智昌感觉自己病情持续恶化了，四肢的溃烂在加速。他开始害怕了，他害怕自己会传染给黄女士，他害怕黄女士跟着他受苦，他害怕黄女士会有一天走在他前面。他开始赶黄女士走，想尽各种办法赶她走，甚至骂她、打她、发脾气。对此，钱智昌一直耿耿于怀，可是黄女士只记得钱智昌的好，并不记得他打过自己。钱智昌反复告诉我，她只有恨我了，才能离开，我没有办法，真的没有办法了。无论钱智昌怎么样，黄女士仍然坚守着，她并不想离开。直到一个甜蜜的晴天霹雳，让他们不得不做出最终的选择。黄女士怀孕了。

钱智昌没有说过听到黄女士怀孕的那一刻，他是什么反应，也没有说过这些年他每每想起那个孩子，心会如何揪着疼。我却能想象出那一刻，他欣喜而又绝望的心情。因为他随后做出了一个狠心却又让人心疼的决定，他找到了一个刘姓男子，请那个男子接受黄女士母子。他跟那位刘姓男子是这样说的："我给你500斤玉米，30元现金，请你照顾好他们母子。如果黄女士和孩子是健康的，你以后好好待他们；如果她或孩子患了麻风病，你就把他们送回来，我来照顾他们。"刘姓男子是钱智昌为黄女士母子找的一个归宿，一个健康的归宿。在那个年代，这无疑是砸在刘姓男子头上一个大馅饼，他毫不犹豫地答应了。黄女士带着肚子里的孩子，被接走了。

我后来问钱智昌："你后悔吗？"他说："不后悔。那时候没办法，我真的害怕了。”我又问他：“现在你看到她没事，你也知道了并不是所有人都会传染麻风病，你后悔吗？”他仍然回答我：“不后悔，那时候一丝风险我都不敢冒，我害怕。”他连着说了几个害怕，就像钱智昌自己说的那样，他后来不是没有机会结婚，生子，可是害怕，他不敢。他就这样一个人坚持着。

黄女士和孩子被刘姓男子接走了，钱智昌被森工队接到了森科洛村。后来，他听说孩子出生了，是一个儿子。再后来，他听说，这个孩子被刘家整死了。钱智昌无法考证，也无法去责怪谁，一切都是他自己的决定，他必须要承担。相爱的两个人虽只隔一座山，却远在天边，无法相见。关于孩子的事情，在两人这次相见时，钱智昌问了刘家人，刘家的大儿子告诉他这个孩子是被粪压死的。但是钱智昌并不信，可是无论怎么样，孩子没了，这个事实钱智昌只能接受。

时间到了1993年，那一年刘姓男子去世5年了。不知道究竟是什么原因让黄女士再次找到了钱智昌，只知道当时她衣衫褴褛，抱着一个小女儿。钱智昌说：“她当时非常憔悴，肯定吃了很多苦，身上的衣服都破碎了。”黄女士表达了想要回到钱智昌身边的愿望，可是他拒绝了。他告诉我，那时候他也很困难，吃饭也是问题，所以他不能要黄女士跟着他受苦。钱智昌把家里所有的布翻出来了，给了黄女士，让她做一身衣服，还给她点钱，让她给孩子们买点吃的。这一别又是20多年。

这一次，当我告诉他要带他去找以前的爱人时，钱智昌说一定要买点东西去看望黄女士。钱智昌说，他不能不去看她，要亲眼看她过得好不好。我问钱智昌，黄女士过得好，他要怎么样；过得不好，又要怎么样？钱智昌跟我说，黄女士过得好，他就放心了，悬在心里的石头就踏实了；黄女士过得不好，他要给她钱，要帮助她，养着她。我又问他，你会接她回来吗？他说不会，黄女士已经嫁人了，有5个子女了，我不能做破坏她名声的事情。

车子驶离，黄女士站在停车处盯着车子，钱智昌也把头贴在车窗上，往后看。这一别，又不知道要多久才能相见，或者还有没有相见的机会呢？一段贸然闯入的感情，因为一场天灾人祸有了开始的契机，却又因为天灾人祸而悄然结束。

在与黄女士大儿子闲聊中，我得知这几年黄女士过得也非常苦。且不说被钱智昌“抛弃”，早年丧子，嫁入刘家以后她仍然没有好日子过。刘姓男子在1988年就过世了，那时候黄女士带着5个儿女，最小的女儿只有1岁，最大的儿子也只有12岁。她一个农家妇女，就要为全家6口人的吃饭问题奔波。那几年他们是怎么过的，多么不堪回首，我们不得而知。好在现在儿女们都长大了，大儿子的孙子都已经4岁，读幼儿园了，黄女士可能会有点安慰了。

半个世纪过去，清俊小伙已经满脸皱纹，黄花闺女已经满头华发，时代造就了他们的感情，疾病毁灭了他们的爱情。爱情埋在心底里，磨成了一颗温润的珍珠泪；感情掩在眼角里，滴成了一颗红润的朱砂痣。

我为钱智昌感到庆幸，有个人出现在他的生命中，陪伴着他；出现在他的回忆中，滋润着他；出现在他的惦念中，煎熬着他。他不是一个人，他不是赤条条的，他也有过幸福，有过甜蜜。以前，每次想到他一生无妻无子，我就为他心痛，他这一生该多寂寞。现在好了，他也是圆满的。

每每看到现在的年轻人因为分手，恶语相向，甚至大打出手，我就会想起钱智昌和黄女士。在一起的时候抓紧一分一秒的幸福，即便分手，也只记住点点滴滴的美好。难怪钱智昌后来都是一个人，真挚的感情，一生有一次就够了，其他的都是将就，而他不愿将就。

钱智昌和黄女士虽然只隔了一座山却永远在天边几十年不能相见

在天安门前，钱智昌实现了他一生的愿望

第十五章　天安门前的钱智昌

2009年10月1日，我被邀请参加建国60周年庆典暨天安门大阅兵观礼。钱智昌听到这个消息后，布满皱纹的脸上顿时放出光彩，双眼闪出星样的光芒，他为我高兴，为我骄傲。钱智昌说，他活了60多岁，最大的愿望就是去一次北京，去看一看天安门。我的心隐隐作痛，我想实现他的愿望。

他是一个麻风病人，连成都都没有去过，何况北京。我又不敢随便带他去北京，我不知道会不会给其他人带来麻烦。从北京回来以后，我就专门为他制作了一幅长达5米的天安门实景图，让他们在天安门前合个影，以这种方式尽早实现他的愿望。

我将天安门实景图挂在钱智昌门前，金色的天安门城楼，慈祥的毛主席，随风飘扬的五星红旗，还有天安门广场上的红花绿草，庄严而和谐地展现在老人的眼前。钱智昌和王昭芬面对天安门，“扑通”一声跪倒在地，钱智昌甚至完全匍匐在地，他们激动得热泪盈眶。两人向庄严的天安门磕头，一个接一个，嘴里不住地喊“感谢共产党，感谢毛主席”。此时，我理解了钱智昌经常给我念叨的“没有共产党和毛主席，我这个麻风病人活不到现在”这句话的分量。

我拿出相机，架起脚架，准备为他们合影。钱智昌打住了我，他要换件衣服。他匆匆回到屋里，翻出了压箱底多年的一件西服，换上了干净的白衬衫。“秃掌”扣纽扣特别困难，急得钱智昌满头大汗，我刚想上前帮忙，就听他焦急地大声呼喊“老太婆！老太婆！”。在隔壁屋里翻找衣服的王昭芬，听到了呼喊声，立刻赶来，帮钱智昌扣好了扣子。王昭芬回屋也换了珍藏多年的衣服，出门前还不忘戴上一顶贝蕾式灯芯绒帽子。我用最好的相机和哈苏镜头，以拍大片的手法为他们拍下了在天安门前的照片。当我按下快门的那一刻，心里感觉跟从前不一样，看着他们俩激动得说不出话的样子，我在心里默默计划，一定找机会带钱智昌去一次北京，看看真正的天安门，爬爬长城，逛逛故宫。

为了钱智昌去北京，我筹备了一年多的时间。这不仅要选好时间，计划好行程，更要确保一路上的万无一失。于是我找了两位学生志愿者同行为他服务。我提前3个月告诉了他要带他乘飞机去天安门的消息，他那天的脸真的乐开了花。后来我才知道，那天晚上他兴奋得几乎没有睡觉。

很快，村里的人都听说了钱智昌要坐飞机去北京，村里的人不仅羡慕他，而且出发前的那几天还经常到他家里来，告诉他说："你坐飞机，飞机飞得很高，天上很冷，要多带一些衣服。"所以钱智昌来成都时，身上穿了三件毛衣，还背了一件棉衣。

因为我工作的事情太多，没有去森科洛接他。他离开家的头一天晚上，给了我个电话，于是我在西昌安排了我朋友去接他。朋友在西昌接到他以后，给他安排了住宿，带他吃了晚饭。第二天9点送他上车以后，他和我联系告诉了我情况。我盘算着钱智昌到成都的时间，西昌到成都的车程大概要五六个小时，汽车在中途要休息两次，还要给一次午餐时间，我担心他会舍不得花钱饿着肚子到成都。

下午4点，我接到了钱智昌的电话，却是陌生人的声音，心里慌了一下。3年前，我为了和钱智昌联系方便，送了他一个手机，也帮他办了这个号码。陌生人告诉我那个残疾的老大爷已经到了车站，我和两位志愿者等这个电话很久了，知道了钱智昌的位置后，我们立马奔向陌生男人说的地点。还没到了跟前，我就看到钱智昌在地上坐着，我悬着的心终于落了下来。我知道钱智昌的手拨打电话很难，是那位陌生的男子一直陪伴着他，到我们来了才离开，我向那位好心人道了谢。很快，我带钱智昌到了安排

钱智昌与王昭芬跪在天安门喷绘前

好的宾馆。

那一天，成都是阴天，钱智昌仍然带着他的墨镜。我明白，这是他的眼病加重了，他的眼睛怕光，他和我说，他没有穿他那唯一一件西装是因为西装里套不下两件毛衣。晚上，我请了好几位年轻人陪他吃饭，这些年轻人听我讲了他的故事后，都想见见他，想和他合影。那天晚饭的时候，钱智昌很兴奋，说了很多话，我不停地给大家介绍钱智昌的事情，又不停地给订票公司联系，改换机票。在钱智昌入住宾馆的时候，我发现钱智昌身份证上的“智”是“同志”的“志”，这一字之差是上不了飞机的。钱智昌说他的名字就是“智慧”的“智”，是村里上户口的人搞错了。这一退票、换票，虽然事情很简单，但是多花了720元，这事我没有告诉钱智昌。

第二天9点30分，我们来到了双流机场T1航站楼，两位志愿者给钱智昌办了特护，机场的工作人员专门给钱智昌配备了轮椅，还配了专人照顾。钱智昌说，他可以拄着拐棍走，不用专门找人照顾。我劝说他现在国家对待残疾人都有很好的照顾，你应该享受。钱智昌第一次坐上轮椅，很不习惯，我告诉陪护的人说：“我们人多，你去忙别的吧。”我一边推着轮椅，一边给钱智昌介绍机场里的设施和用途，他说成都双流机场这样大，北京机场不知有多大。我说：“再过三个小时，你就能到首都机场亲眼看看了。”我们很快登上了飞机，这班去北京的飞机是双通道，一排有8个座位，我很快帮钱智昌找到了座位，座位紧靠窗。起飞前那段时间，钱智昌两只眼睛一直望着窗外，目睹着宽广的机场和来往的飞机。飞机起飞的那一刻，他更是激动，为了看风景，几乎半个身子都靠在窗前，他说感觉到了自己在飞。

飞机穿过云层后进入了平飞。钱智昌全身发热，我帮助他脱掉了外

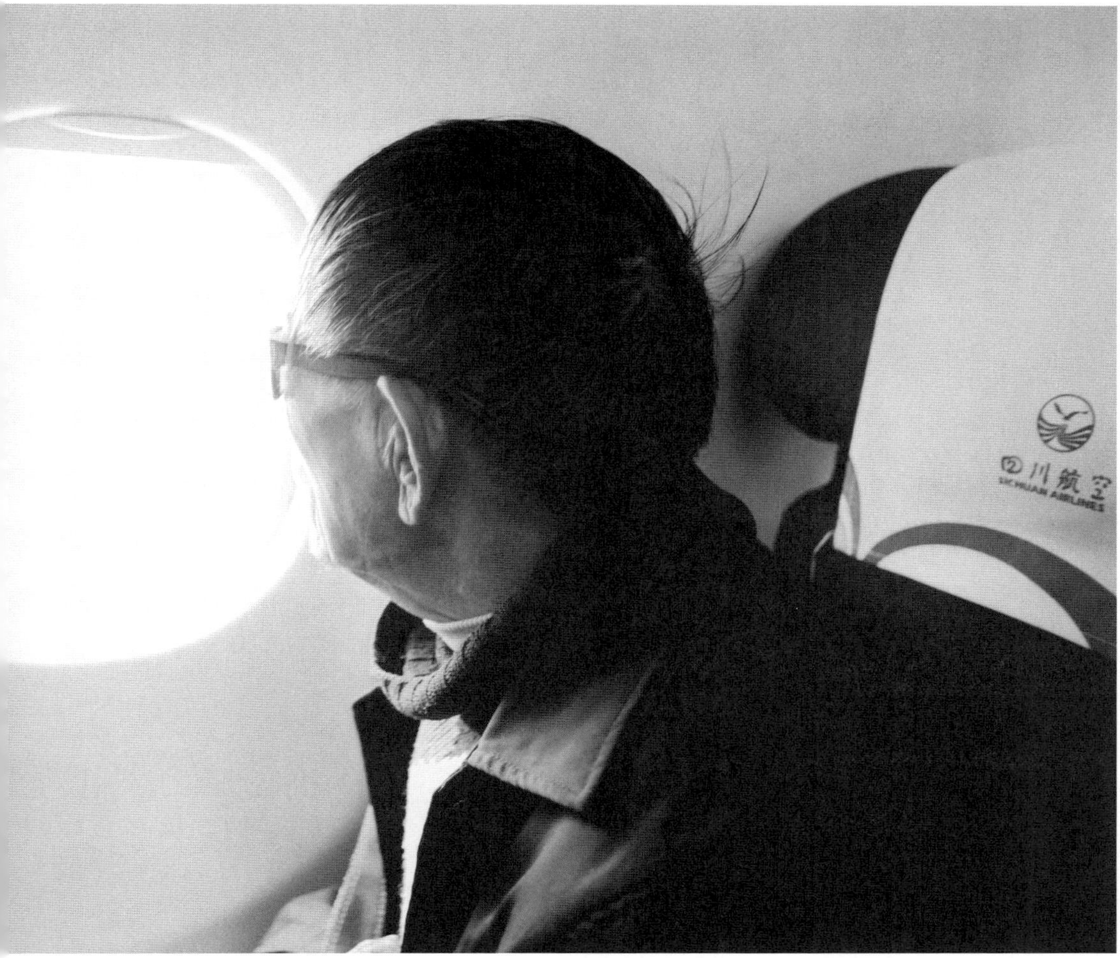

钱智昌说他感觉自己在飞

面的毛衣。他告诉我，来成都前，村里好多老乡说：“飞机飞得高，天上冷。”所以今天到机场前他专门多穿了件毛衣。结果，飞机飞上天后还比地上暖和。我告诉他，飞机上有冷暖设备，不论机外多热多冷，机舱内都保持着人体最舒适的温度。一会儿，漂亮的空中小姐给他送茶饮。这时，钱智昌悄悄问我：“这些茶饮要不要钱？”我回答说不仅茶饮免费，饭食也不用花钱。他望着这些漂亮的空中小姐感叹道：“我们村里的干部如果都像这些空中小姐一样多好！”

两个小时后，飞机抵达了首都国际机场。在飞机滑行的时候，一位空中小姐专门过来告诉我们，下机要慢些走，首都国际机场已经为他准备好了轮椅和特护人员。钱智昌悄悄告诉我：“我用双拐可以走，可不可以不坐轮椅？”我回答他：“等回成都的时候我在机场不再给你申请特殊服务就是了。”钱智昌听后点了点头。

为了让钱智昌第二天去天安门方便，我们入住的酒店在二环以内。酒店的大厅很是气派，服务员也很有礼貌地把我们送到了房间。第一次走进这样环境的钱智昌，整个人都显得有些拘谨。两位志愿者仔细地向钱智昌说明了房间内各种开关和设施的使用方法。几分钟以后他已经能够独立操控了。

为了让钱智昌第二天早上6点前赶到天安门广场，我叫了一辆专车5点到达宾馆，并让宾馆在4点30分叫醒我们，专车到达天安门广场附近的时候天还没有亮，钱智昌拄着双拐通过了安检。离广场升旗的时间还有十来分钟，现场已经十分热闹了，各种乡音在广场的上空飘荡着，大家都在等着那庄严的时刻。

钱智昌拄着双拐，挺着腰，看着国旗冉冉升起。升旗的时间很短，但我用相机记录下了这一时刻。

我想拍钱智昌在天安门前的笑脸，这个笑脸是从心里自然流出的，不要任何引导。我拍了十余张，都觉得不满意，有点失望。不知道是因为那阴天的雾霾影响了他的心情还是钱智昌知道要去北京后每天延续的过度兴奋的原因，真正到了现场，他站在天安门前却出乎我的想象。我没有刻意地去引导来换取他在天安门前的笑脸照片，一切顺其自然。我们在天安门广场行走着，寒风吹着脸像针刺一样。突然间，钱智昌冒出一句："天安门没有想象的那么高，那么大。"我说："是因为广场太大了，是世界上最大的广场，再加上周围的建筑很高的原因，如果我们到天安门跟前，你会感觉到它很宏伟壮观。"他点了点头，似乎明白了我的意思。

很少照相的我，单独在人民大会堂前照了一个相，我选的那个位置，是1975年我照相的位置。1975年我还是一名军人，那年我参加第三届全军运动会，在运动会上我打破了全军田径十项全能纪录，获得了两枚奖牌，我在天安门和人民大会堂前穿着军装，挂着奖牌，立正照了张相。在天安门前的照片，我邮给了我的母亲。在人民大会堂的照片，我一直保存着，34年过去了，还是那个位置，还是那个人，再一次留下了影像，后来我把两张照片放在一起，自己端详照片，觉得很有点意思。

钱智昌拄着双拐在人民大会堂、人民英雄纪念碑、毛主席纪念堂都留了影，他站在这些宏大的殿堂前，不仅显得很小，而且更显得忧伤。生命对他来说是一种残忍，但他就是在这种残忍中找到了自我，找到了追求和信仰。作为一名摄影家，如果时间会倒流，我会真实地记录那些钱智昌的坚忍不屈和撕心裂肺的场面与细节。

为了让钱智昌去纪念堂瞻仰毛主席遗容，我在天安门广场停留了3个小时。进纪念堂还需要再进行一次安检，任何东西都不能带，包括手机、打火机和小包。两位志愿者没有去过纪念堂，他们一起正好可以照顾钱智昌，我留在了广场上看包和摄影器材，我选了一个他们从纪念堂出来就能找到我的位置——人民英雄纪念碑的后面。广场太大，四面透风，一股股寒风不停地向我袭来。脚开始感觉冻僵了，我的两条腿不由自主地在原地不停地踏着步，速度也随着时间逐渐地加快，就像田径运动员训练时做小步跑一样，用这种方式来增加自己的热量。天气越冷，我就越佩服钱智昌的远见，他第一次来北京，他的防寒工作远比我想得周全，他带的三件毛衣都用上了。今天他把最好的一件毛衣借给了志愿者，要不，那位志愿者会比我冻得更惨。

1小时后，钱智昌从纪念堂出来了。第一句话便对我说："看见了，看见了。"他说话时很激动，我知道这是他一辈子的心愿，今天终于实现了，这一刻我感到在天安门广场受点冻也值了。

我们在前门附近的一家餐厅吃过早餐就直赴长城，快到长城的时候天下起了雨，我赶紧买了雨伞，还准备给钱智昌租借一个轮椅。但钱智昌无论如何都不愿意坐轮椅。还没商量好，只见钱智昌已经拄着拐棍直奔长城入口，我只好跟随在他的后面打着雨伞，步伐还有一点跟不上他，我知道钱智昌好强，他是在用尽全力证明自己与我们是没有多大差别的。

登上长城的第一个烽火台，我就找位置给钱智昌照相。冬秋的云雾伴着小雨在山间游荡着，长城最高的烽火台一会儿就被一层层薄雾给笼罩住了，周围的山丘在云雾的包裹下，现出了一片又一片的红叶，真是仙境如画。我指着那片美景给钱智昌说："虽然今天下雨，但是我们来的时间是长城最美的季节。"钱智昌说："我们的村庄初夏也有这样的美景，就是

钱智昌拄着双拐登长城

没有长城这样宏伟和壮观。”

钱智昌坚持要上第三个烽火台，他说站得高看得更远，他站在烽火台的长城边用他那没有手指的手慢慢地抚摩着长城上的一块块砖石，想说些什么又没有说出来，我用相机不停地给他照相。照完相后我们在长城上找了一个观景好的地方，停了下来，两个志愿者不停地为长城的宏伟壮观发表感慨，钱智昌却不说话，我明白他是在用心去体会和感受这几千年中华民族的历史文化和智慧勤劳。雨丝越下越密，我们离开第三个烽火台时，要走一段较长并且较陡的下坡，这个时候长城的每一块石板都被雨水洗得很干净，而且还发光。我担心钱智昌走这段路的时候有困难，怕他滑到，便叫两位志愿者扶着他。钱智昌看出了我的意思，马上把双拐交给我，紧接着他靠在墙边用胳膊挽住长城边上为行人上下提供方便的铁杆，像一位杂技演员滑滑梯一样，一下就到了底，我和志愿者都为他的勇敢和智慧感到惊讶。有几位登长城的外国人也为他精彩的动作鼓掌。

从长城回到酒店已快5点，天渐渐黑了，我们在民族园附近的一家老字号鸭王餐厅订了晚餐，一定要让钱智昌吃到北京的烤鸭。钱智昌是第一次到这样华丽的餐厅，餐厅的餐具也很讲究。他的手脚又有一些拘谨，就在要上菜的那一刻，他说：“我今天都看见了，又吃了，明天是不是能回成都了？”我说：“为什么？”他又说：“你安排的酒店，一晚上就要680元钱，我们家乡的旅馆住一晚只需要25元，多住一天就要多花钱。”我说：“还有许多地方要看，明天还要去你最喜欢的故宫，故宫里需要参观的东西很多，那里就需要一天的时间，我已经把回程的机票买好了，如果要改变日程还需要花钱。”我明白钱智昌是在为我着想，他不知道我为这次帮他来北京已经筹备了很久的时间，这不仅是让他第一次坐飞机到首都北

钱智昌最崇尚的就是奥林匹克精神

钱智昌在参观故宫

京，更要让他享受到我们星级宾馆里的卫生间里的方便。听我说完这段话后，钱智昌提了一个要求，下次吃饭就不要再到这样高档的地方了，我点了点头。

那天晚餐我吃得很少，因为咳得很厉害，全身也发冷。他见我不怎么吃，害怕吃不完浪费了，于是他就吃了很多。回到酒店后，我的全身又酸又痛走路也无力。我告诉两位志愿者，明天我可能去不了故宫了，叮嘱他们要让钱智昌多看看，一定不要赶时间。我吃了药，洗了一个热水澡就睡了，半夜里发起高烧来，体温大概在39度左右，头昏沉沉的……突然间我看见满头白发的钱智昌正在一个大礼堂里讲演他的科学成果，他研究了一种特效药，这种药是一种戒毒药而且还能治疗艾滋病，吸毒的人吃了只需要几天就可以把毒瘾全部戒掉，以后再也不会沾染毒品；艾滋病患者吃了一年后也会痊愈，这项成果让他家乡的人民奔走相告。这不仅救了许多吸毒的人，还救了许多艾滋病患者的家庭，让彝族同胞一家又一家富裕起来。我仿佛看见世界卫生组织的领导正在为钱智昌颁奖，我高兴得跳了起来，跳得很高，但是一直又落不了地，我的心又急又慌，突然间我醒了，一身全是汗，衣服全湿了，原来是一个梦。为什么我会做这样的梦？我想这个梦如果是真的，那应该多好啊，我真想回到梦里去。

这梦的缘由要从10年前说起，那一年的10月我在拉扎的房前拍下了他抱着两岁多的女儿沙作的照片。拉扎是一位艾滋病患者，艾滋病是她的丈夫都黑传染给她的，丈夫因为吸毒染上了艾滋病。那天我没有见到都黑，4年后我带着那张照片再次回到了那个乡想找我拍照片的那间房子和女主人。当我来到那间房子前，照片中的女主人拉扎已经去世半年了，艾滋病魔像魔鬼一样夺走了她年仅27岁的生命，拉扎死的时候，她的丈夫都黑仍

艾滋病夺走了小沙作的母亲

在戒毒所戒毒，身边陪伴她的只有她6岁的女儿沙作。其实都黑在吸毒前是村里的一位有为青年，我在他家看见过县农业局授予他为青年致富能手的奖状和他与拉扎的结婚照，他们俩的笑容很灿烂，一个致富能手，一个美满的家庭，短短的几年时间，就这样家破人亡，这能不让人痛心吗？小沙作的父亲又黑又瘦，我预感他剩下的日子也不会太久，我把4年前拉扎抱着女儿的照片让小沙作举起来放在了胸前，我还是在那间房子前按下了快门，给他们三位拍了一张全家福。

回到成都后，我写了一篇《还是那间房子》的文章，配上了几幅图片，发在了我的主页上，于是就被大连海关的刘克训看见了，他在网上下载了我拍的那张全家福，拿着照片来到了凉山。几年来，刘克训不仅自己收养了3个孤儿，而且在大家的帮助支持下，在布拖办起了一所孤儿学校，他真是想给凉山的孤儿和贫困的孩子建一个家。

这次钱智昌在北京留下了许多宝贵的影像。回到成都的这天晚上，我去工作室打印了几十张照片，第二天交到了他的手中。告别时，他说："这些照片太珍贵了，不仅充满回忆，而且我还能给村里的那些乡亲们讲述这些在首都的故事。"

第十六章　睡梦中的村庄

听说我打算以“他的故事”写本书，钱智昌很兴奋。我这次去的时候，他跟我说了很多，说了他山洞里的细节，说了“文革”，说了感情，说了邻里间的摩擦，还有很多以前他从没跟我提过的事情。从他的言谈中，我能感受那种孤独和寂寞。作为一个汉族人，一个有文化的汉族人，他在整个村庄里可以说是异类，是外来者。虽然森科洛村本来就是政府为麻风病人临时组建的村庄，当地的人仍然把钱智昌这样外省来的定位为外来者、异乡人。

钱智昌告诉过我，村里80%以上的村民都受到过他的帮助，可是在我们的走访中，很多村民一开始并不承认曾经接受钱智昌的帮助，要深入交谈以后他们才会不情不愿地点头。这里面可能有村民的羞愧，不愿向外人承认自己的无能，家丑不可外扬，但也有他们对钱智昌的排斥和孤立。甚至有些村民在接受帮助渡过难关以后，有意或无意地忘记了钱智昌的恩情，这也导致钱智昌借出去的钱很多都收不回来。

听钱智昌说到这里，旁边的王昭芬耐不住了，她一直拉着我向我控诉他们的邻居，一位彝族老太太。是这么些事：老太太有一天发现自己的电费多了，她怀疑是钱智昌偷了她家的电，就来闹。钱智昌跟她解释，电表都是一家一个，他不可能偷她的电，但是老太太不懂，就隔三岔五地来闹，钱智昌上报村里的干部，村干部也不管。后来，老太太就拿刀把钱智昌家的电线割断了，这惹毛了钱智昌，他直接报了警。警察来了以后，也只是联系供电局的同志把电线修好了，这事就结束了。由此以后，两家摩擦就多了，时不时小吵小闹。比如钱智昌养的猪，杀了以后就把猪肉挂在门前，想等我去以后送给我，结果被隔壁老太太偷了，钱智昌过去理论，老太太不讲理，还拿刀要杀他，他就抢。再比如现在修房子，他们都住在

睡梦中的山村

外面，生活用水都来自房子旁边的一根自来水管。水管质量不是很好，会往外漏水，老太太就说这根水管占了她的地，毁了她的地，让钱智昌赔偿25000万元。钱智昌不愿意，老太太就来割他的水管。一来二去，两家的怨恨就越来越深。在钱智昌看来，这些人不可理喻，都是文盲，什么都不懂，也不懂法。他说我懂法，我知道要按照法律来办事，可是警察来了，她就装疯卖傻，警察也没办法。于是，他就从《三国演义》中找方法，研究“孙子兵法”，使用“三十六计”跟这位彝族老太太斗智斗勇。

跟钱智昌接触这么多年，他不受当地人喜欢，可能还跟他的性格有关。钱智昌是个敢爱敢恨、敢做敢当的人，看不顺眼的事情，他就要说。他看不惯当地人的邋遢，吃的东西不洗，泥巴都粘到锅边；牛羊肉不洗，直接放在锅里煮。而且好吃懒做，有些还吸毒、赌博。我知道，在凉山州吸毒现象很猖獗，尤其是彝族地区。村民告诉我，他们村就有一个青年在云南贩毒，前几年被抓，枪毙了。他们说的时候，一脸坦然，似乎很常见。

我们这次去，正好赶上政府要为当地居民重新修建房子。政策是首先为五保户家庭修建新房子，所以钱智昌的房子现在已经修建好了。当地人都认识我，知道我是政府的工作人员，所以我一去，他们立马找到我，让我帮他们解决问题。一位彝族老太太说她的脚继续溃疡，让我帮她找药。还有一位彝族老大爷给我看了他现在住的窝棚，让我向上反映，给他盖房子。窝棚是用两根木棍支撑，一块塑料纸盖在上面，地上卷着脏兮兮的铺盖，撩开塑料门帘，苍蝇就像竞赛一样顿时炸开了锅，一股臭烘烘的味道扑鼻而来。我承诺他们会了解情况，再答复。原来，凉山州麻风病防疫中心以及村里的汤医生会定期给他们打针，服药，但是他们自己不坚持，

留在麻风村的老人和小孩

快乐的山村孩童

向往城市的少年

村里的人生了重病，只能用竹篓抬去医院

经常逃避治疗，再加上抽烟、喝酒等不良的生活习惯，所以病情会出现反复。还有些并不是麻风病的溃疡，但是他们不懂，就想要治疗麻风病的药。而修建房屋的事情，当地的政策是非五保户家庭自己承建房屋，政府每户补贴两万元。那位彝族老大爷有3个孩子，其中一个儿子就在本村，有自己的房子，不能算作五保户。我问他为什么不让儿子给他修房子，他不断给我念叨："娃不管，不晓得……"

汤医生是村里卫生所唯一的医生。他是7岁那年得的麻风病，9岁的时候来到普格县，被乡政府安排进村。因为治疗较早，所以他的五官正常，四肢也健全，就顺理成章地成为村里的医护人员。随着媒体的报道，越来越多的志愿者、公益组织关注他，关注森科洛村，就给他提供了很多接触

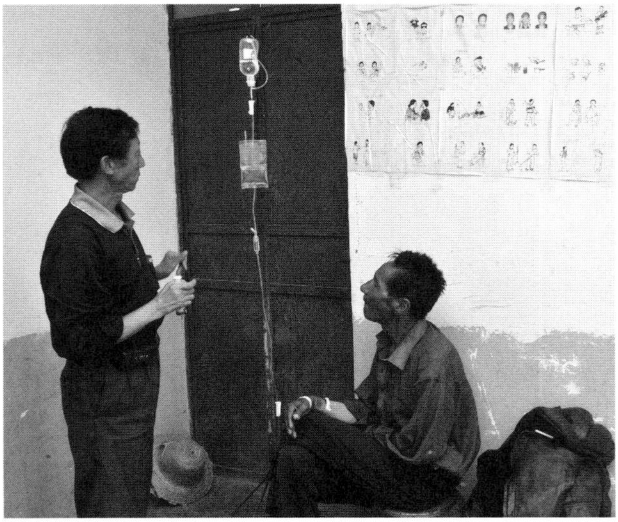

汤医生，村里卫生所唯一的医生

外界的机会。他去过成都、昆明、北京、广州甚至是香港，他还是香港一家医学基金会的重点关注对象。走得多了，见得多了，机会多了，财富也渐渐多起来，如今他盖起了2层小楼，是村里最漂亮的房子。我问汤医生，有没有想过帮助村民一起富起来。他告诉我，他出去看到有些地方搞现代农业，搞合作生产，他都想带回来。可是这里缺水，没有水就种不了任何东西。再就是村里的人根本就听不懂，教不好，也没人听你说。说这段话的时候，汤医生的表情很无奈，那是一种恨铁不成钢的无奈。还有年轻人都出去打工了，村里只剩下老人和孩子，他们干不了活，只能靠政府补贴。

年轻人出去都干些什么呢？没有文化，工地是他们最多的选择。没有技能，推土机、钻炮眼等技术活指望不上他们，只能当苦力。城里人常揶揄这些彝族小伙为"强巴娃子"，奴隶的意思。克扣工资是常有的事，有时还要被打骂，有些人连汉语都说不利索，反抗更加不现实。不想干苦力，就只剩下了偷和贩毒。偷败坏了整个彝族的形象，贩毒更加可恶。这两点让城里人深恶痛绝，看着彝族同胞都躲着走，怕被盯上，怕沾染上病毒。外面的世界对彝族同胞有一种无形的隔阂，一种情感上的厌恶。而对家乡人来说，他们带回去的除了金钱，还有陋习和艾滋病。

按照国家九年义务教育法律规定，孩子们上学的费用全由政府支付，再加上当地作为贫困地区，经常会有来自全国各地的公益组织对孩子们进行资助，所以孩子们的生活费用基本上不需要家庭承担。而老人，国家也有养老金补贴，就连钱智昌这样手脚残疾的孤寡老人都能独立生活，有自己的存款，可那些有儿有女的彝族老人们却生活不下去，这让我不得不心痛。

养儿防老是中国人的传统观念，随着计划生育的深入人心，这种观念越来越淡薄，但是在贫困地区，生孩子仍然是一个家庭重要的经济来源。

生女孩，将来嫁人会有一笔不菲的彩礼收入；生男孩，将会是家里的劳动力、顶梁柱。甚至有些家庭会专门生孩子来贩卖，因为彝族小孩普遍长相俊美，浓眉大眼，深眼窝，皮肤健康，很多无儿无女的家庭乐此选择，这些孩子比福利院领养的费用低，而且孩子健康，手续简单。“超生”就成了整个凉山州最普遍的现象。

2015年11月初，我去凉山州布拖县阿布洛哈村，帮助那里的村民种天麻。山对面伟木村的老乡们知道了我来阿布洛哈村的消息，村支书带着村民代表走了4个小时山路来见我，并递交给我他们全村按了手印的诉求信，他们反映村里有60名7-9岁的学龄儿童没有学上，原因是拉果乡中心校距离伟木村有15公里远，学校没有寄宿条件，每天学生花在上下学路上的时间大约5个小时。其中好几段路都在悬崖边上，时常会有飞石落下，家长们为了孩子们的安全考虑，不愿意让孩子们到中心校上学。我听了他们的介绍，看了诉求信后，找到布拖县教育局的负责同志，把村民的诉求信交给了他，希望他们想办法解决这个村孩子的上学问题。当时我提出最好是恢复伟木村的校点，让这批孩子都有书读。

深入了解情况后，知道如果恢复校点，他们最核心的问题是缺少老师。所以我在西昌找到了索玛花支教联盟的负责人，请他们再去实地调查，并派支教老师到当地任教。很快，索玛花的负责人亲自到当地进行考察，统计出伟木村4-12岁的小孩有103人，6-13岁的有48人（男孩32人，女孩16人），当地村民强烈希望这批孩子在本村上学。村里的老共产党员愿把自己的房子拿出来，当教室；村支书也愿意提供自己的房子给老师住。

针对这些问题，2016年1月14日，省政协两会期间，我提交了《关于恢复伟木村小学，让孩子们享受到义务教育的情况反映》的社情民意材料。

2016年4月10日，我随省政协教育委员会去凉山州调研民族教育发展的问题，调研组分成两组，第一组要去布拖、昭觉和美姑，我被分配到第二组，不能去布拖县。可是我一直关心伟木村的校点恢复问题，就把伟木村的情况告诉第一组州政协的领导，请他们过问一下。

5天后，我们两个小组都返回了西昌，第一组州政协的领导告诉我县里反映那个村没有40多个学龄儿童，只有六七个小孩没上学，所以没有恢复校点。我听了以后没有说话，心里想："县里和村里的反映差距如此之大，总有一个说谎。"带着这个疑问，我没有随大部队回成都，而是利用星期六和星期天去了布拖县的伟木村，我一定要弄个明白。

星期六的早上，我们5点起床，5点40分就出发，虽然到处都在修路，但因为我们出发的时间比较早，路上还算顺利，中午12点50分到达了布拖县拉果乡伟木村。

伟木村地处金沙江大峡谷的腰间地段，地势险峻，拉果乡至伟木村的机耕道，两个月前刚修通，路很窄，只能单车通行，很长一段路都是在悬崖边上，一边是险峻的峭壁，一边是万丈的深渊，司机一路开得很小心，片刻不敢分神。我们时不时要下车清理横在路上的石头。这种路，如果遇到下雨，再好的车都要打滑，而且随时可能遭遇滑坡和泥石流，车根本进不去。天险屏障让伟木村成为一个孤村。

我到后的第一感觉是，这里太封闭，小孩太多。一见到我们，全村老少都围过来，远远地指指点点，交头接耳，稀奇得很。我随便找了一个老乡，问他有几个小孩。他回答说有6个。我问村长，这个村最多一家有多少小孩，村长说是8个，有四五个小孩的家庭非常普遍。我问现在有多少孩子应该上学，村长告诉我有七八个。我当时感到很疑惑，立马质疑他："为

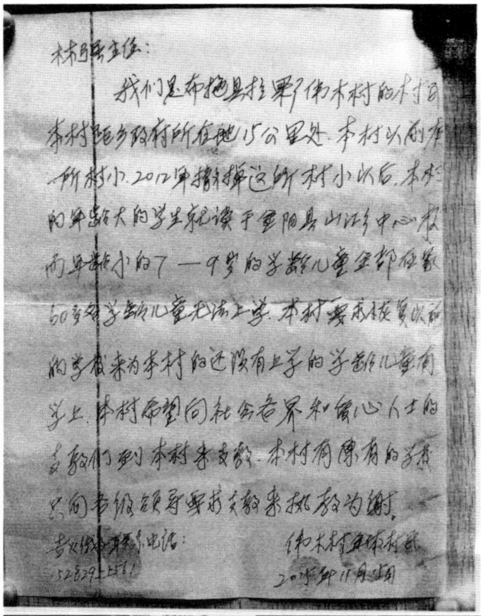

我们是布拖县拉果乡伟木村的村民

本村距乡政府所在地15公里处。本村以前有

一所村小，2012年撤掉这所村小以后，本村

的年龄大的学生就读于金阳县山江乡中心校

而年龄小的7—9岁的学龄儿童全部在家

60多名学龄儿童无法上学。

本村希望社会各界和爱心人士的

支教们到本村来支教。

伟木村全体村民

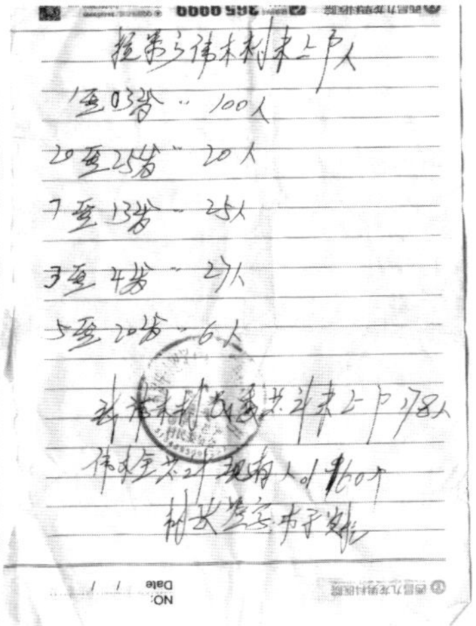

拉果乡伟木村未上户人

1至03岁 100人

20至25岁 20人

7至13岁 25人

3至4岁 27人

5至20岁 6人

未上户178人

伟木村的孩子大多是超生，实际人口和统计数据相差甚远

什么你们上次按了手印的诉求上说的和这次的情况不一样呢？”他说：“还有30多个孩子，应该上学，但是没有户口，不能计算到政府统计的学龄儿童中。”回头看到遍地的小孩，一个个瞪着圆圆的大眼睛看着我，他们是那么可爱，那么纯真，他们一点都不比城里的孩子差，却得不到平等的受教育机会。我让村长马上统计全村的人口，多少人没有上户口。很快，他们给我写了一个材料，全村共有1160人，其中有178人没有户口，材料签上了村长的名字，并盖了村委会的章。让我感到更加严重的是，0-3岁的婴儿就有90多人，可以预见再过两到三年，这些孩子也面临着失学。

听到这种情况，看到满地的小孩，我拿着相机的手都在抖，肺都要气炸了。2014年的政协会议上，我已经提出了《关于加强我省民族地区计划生育的提案》，当时省卫生和计划生育委员会回复我的是：指导三州根据中央和省委关于坚持计划生育目标管理责任制的要求，分类指导，科学设定考核目标，严格考核，切实落实计划生育工作一票否决制，引导各级党政切实加强计划生育工作的领导，做到责任到位、措施到位、投入到位。他们还在文件中提出将安排补助凉山州计划生育的经费是4403万元。为什么计划得很好，落实的情况会是这样？！

那一天，我心里堵得慌，也很无奈。我可怜这些没有学上的孩子，又可恶他们父母的愚昧，还可恨当地政府的漠视。现在中央高度重视民族地区的教育，中央和各地都在开展精准扶贫工作，也许很快就会有人去关注他们，帮助孩子们上学，可是老师从哪里来？校舍怎么解决？会有老师愿意留在这个贫穷的麻风村吗？……

伟木村仅仅是老凉山的一个缩影，它绝不会是个案，问题更不会自然消除。如果我们现在不敢直面这些，仍然遮遮掩掩，将来还会有更大的隐患。

一周后，我回到了我居住了40年的城市，城市的变化已经让我忘记了过去。走在平坦宽阔的柏油路上，看着来来往往的车辆，我的心就像空中的雾霾一样阴沉。虽然道路的名字取得很有文化味，有承载一段历史故事的，有记忆一位英雄人物的，有带着浓浓的方言趣味的，它们给我的生活和工作带来了便利，但我的心情仍然没有得到舒缓，一种看不见摸不着的束缚始终缠绕着我，让我堵得慌。这种心情很怪，连我自己都找不到答案，就好像一个人在白茫茫的浓雾中，看不清，听不见，茫茫天地只有自己……

第十七章　麻风村的未来

2003年初，一个摄影采风的机会，让我第一次接触到了“麻风病人”这一消失于公众视野的特殊群体。他们的悲惨、善良、朴实、坚忍以及不灭的希望深深吸引着我，打动着我，让我一次又一次走进他们，了解他们，帮助他们。

10余年来，我已记不清多少次走进了四川大凉山深处的麻风村，每次去我都会在村里住几天，跟他们拉拉家常，谈谈生活，倾听他们的需要，尽我的可能做点事情。在我与村民的接触和交往中，就会感受到一种召唤，一种来自天堂的召唤，它让我的内心时而澎湃，时而恬淡，在烈焰与冰雪中绽放出鲜艳的曼珠沙华。时间长了，我和许多村民都成了朋友，就像本书的主角森科洛村的钱智昌。我们在近10年的交往中，彼此贴近，在一次次的交谈中，在一张张的照片中，在一封封的书信中，在一件件的礼物中，我们成了无话不聊的好朋友。

而布拖县乌依乡麻风村的孩子们则倾注了我更多的心血，承载了我更多的精力，他们同样给我留下了深刻的记忆。

2005年初，我决定为布拖县的麻风村建一所自己的学校，让村里的孩子有书读。村民们听说了消息以后，都沸腾起来，他们期盼着这一天早日到来，让自己的儿女们、孙子孙女们尽早受到教育，改变落后的现状。

按照惯例，修建学校是工程建设公司的香饽饽，会有多家单位和公司投标，甚至有些公司会采取各种手段，想方设法来争取建设项目。但在阿布洛哈村修建学校的消息传出快一个月了，没有一家公司来报名。大家心里都明白，在麻风村修建学校，不仅没钱赚，可能还会被感染，所以不约而同地选择放弃项目。这让我很着急，也很担心。我找到当时布拖县教育局局长寸天国商量，对承建麻风村学校的公司给予优惠条件：愿意接下修

十几年前，麻风村仍然保持着中国最原始的自然环境和生活状态

建麻风村学校工程的公司，教育局及其他学校的兴建项目将优先考虑这家公司的投标。终于，年轻的杨洪总经理投了标。在了解到学校是我出钱建的以后，他向我承诺，这所学校，不赚一分钱。

2005年5月3日，麻风村学校建设项目正式启动了。杨洪经理亲自点名挑选了一位土建师和一位木工，来到村里跟村长协商学校建设方案。村里为配合建校工程，挑选出了40余名年轻劳动力当建筑小工。公司按照每个工每天12元计算薪水，但劳动报酬并不发给个人，而是由村里统一结算。当时这个村还实行人民公社制，村里给每个工人按照每天10个工分计算。全村每一个劳动日的工分是6角8分钱，比之前翻了一番。另外，公司每天直接补贴个人2元钱。这些年轻小伙子们，都没有读过一天书，他们对知识有着无穷的憧憬和美好的愿望，知道学校是给自己的娃娃建的，个个都摩拳擦掌，每天跟打了鸡血一样，有使不完的劲。

我从杨洪经理的账本里看到，修建350平方米的教学房，需用50吨水泥，粗砂60吨，细沙10吨，钢筋9吨，木材15立方……而麻风村地处峡谷深处，四周被三四千米的高山环绕，金沙江的支流西溪河穿行而过。全村人民劳作了几十年才开垦出400余亩的土地。这些土地十分贫瘠，泥土中一半都是小石子，再加上缺水，修建学校的材料必须从外面运进来。而进入麻风村只能靠铁索横过西溪河，车是进不去的。经过沟通，公司先用车把材料运到乌依乡，寄放在乡中心校的院坝里，然后麻风村村民自己将材料背到村里。

村里专门挑选出一批身强体壮的年轻人，组成了一支运输队伍，负责背运这130多吨的建筑材料。每天，天不亮他们就摸黑出发，步行4个多小时到乌依乡。每个人背上100多斤的水泥或沙，有的小伙子甚至背着200斤

2005 年的阿布洛哈村（麻风村）还是人民公社制度

的重物，返回村里。路修在悬崖边上，山崖直立如刀，峰顶平整如削，下方除了一条1米来宽的小道便是深谷，目不见底。有几处弯路，斜插直下，稍不留神就会冲到崖底。我走过那条路，深知其中的艰辛，每次进出麻风村，都要承受这条路带来的心肺考验，而且我还是空着手。狭路过后就是渡河，由于建筑材料太重，铁索承受不了，他们只能拉着绳索蹚水过河。这些小伙子每天至少一趟往返，赶工期的时候要背两趟。回到家，经常是半夜，打个盹，第二天早上又出发。我内心深处不得不佩服这些小伙子，他们是钢筋铁骨的真英雄。

修建这所学校，正好是6、7月，那是最热的时候，气温每天都会超过35℃，再加上进入雨季，时不时来场暴雨，让这些小伙子们每天都处于蒸桑拿的状态。他们只能赤着上身，汗珠汇集成水沟，顺着坚实的胸膛向下流，浸透内裤，又沿着大腿穿过小腿，集聚在他们的鞋子里。双脚在宽大的解放鞋里，浸泡着，摩擦着，蜷缩着，发出了嗞嗞的声音。考虑到他们的艰辛，事先我就买了40双解放鞋，托人带到村里，这种鞋舒适又耐穿。由于不知道他们脚的尺码，不少人的鞋子都大了一两码，穿上去脚会晃荡，不跟脚。

学校修好后，我来到学校，见到了这批小伙子。他们的肩和背遍布伤痕，这些痕迹又黑又深又长，有的瘀青还没消。我问他们背和肩还痛不痛，他们都告诉我现在没事了。他们却很激动，告诉我鞋子很舒服，走路很抓地，省劲又安全，背这么重的东西，脚都没受一点伤。谈起那段经历，他们都很轻松，我却知道他们的身体和精神上承受了多大的痛苦和折磨。在那些背运材料的日子里，他们的肩背上每天都会磨出血，老伤加新伤，一次次被汗水刺激，被太阳直晒，尤其最后几天，他们的肩背都是红肿的，血迹模糊，让人看了心疼、钦佩。我也明白，这是希望带给他们的坚忍和动力。

学校落成的那天，村里杀了猪，宰了牛，村民像庆祝节日一样兴奋。经村长提议，村民表决，学校取名为：林川小学。

2005年9月15日，林川小学开学了，一共有34名学生，最小的6岁，最大的17岁。所有的学生都从一年级的课程学起。开学那天，我给每一位学生拍了一张照片，扩印两张，一张我留下来用于学生建档，另一张发给了学生。这是他们人生的第一张照片。

10余年后，我捧着这一张张照片，看着那稚嫩的面孔，心里真是感慨万千。时间过得很快，那批学生如今已成人，有不少学生去过北京、上海、广州、成都、云南等地。

吉列土日在2008年当兵，2010年从部队退伍复员，在部队期间自修了成人大专课程，现在四川西昌某公司就职。在西昌工作后，就再也没有回过这个村。

且沙么子作是那批女生中读书最多的，林川小学毕业后在县城读完初中，2014年初中毕业前给我来了一封信，说自己处在人生的十字路口，面临人生的第一次真正选择，后来听说她去了北京，如今家里和我也没了她的消息。

马扎么子作是那批学生中长得最漂亮的女孩，2007年我给她拍了一张照片，让她第一次上了画报的封面，她看到画报上的自己，美得直笑。3年后，小学还没有读完，她就嫁到了贵州的一个乡村，如今已有3个孩子。从那以后，再也没有回到这个村子。

且沙莫次力是这批学生中最乖的，曾经给我送过煤油灯，我的印象很

10 年后，我与林川小学的同学们再一次合影

深刻。后来，她嫁到了森科洛村，就是钱智昌在的那个村，生了3个孩子。2014年我去森科洛村的时候，她告诉我她老公已经出去打工很多年没有回来了，自己一个人拉扯着3个孩子。这次我再过去，钱智昌说，她也带着孩子出去打工了。

吉地科尔今年17岁，是这批学生中成绩最好的，小学读完以后去县城读了初中、高中，去年在西昌的一所学校因两次与学生打架，被学校开除。

麻风村里的女孩看到画报上的自己，美得直笑

阿达色贵是那批学生中最懂事的孩子，他长得很俊俏，性格很乐观，爱帮助人，用现在流行的话说，小伙子是个阳光暖男。我每次进村，他都会在山顶上接我。去年11月中旬，他很早就到了乌依山顶，那天正好是他26岁的生日。一见面他就拿出前几天他在西昌参加国际马拉松获得的纪念章给我看。他没有把纪念章挂在胸前，只是悄悄地给我看了一眼，随后他交给了我一封早写好的信。信是昨晚他口述，让他的儿子写的。字迹很工整，后来我知道他为完成这封信花了很长的时间，儿子反复誊抄了三遍他才满意。信的内容主要告诉我他的大儿子上学了，今年已经读三年级了，写的字和成绩都比他强，现在有水、有电，还能打电话了，前不久自己还代表麻风村的人参加了西昌的国际马拉松比赛，真高兴。

阿达色贵，2005年读书的时候，15岁。他的母亲怕他找不到媳妇，很早就在外村花了3万元找了一个比他大3岁的女人，他读完二年级就结婚了，很快有了孩子就退学了。他们一共生了5个孩子，有一个孩子出生不到两个月就早逝，这次我给他带来了他们和死去小孩唯一的一张合影，他们俩见到这张照片后，都哭了。他那位死去的儿子是在山西打工的时候出生的。2009年2月7日下午，我突然收到了阿达色贵的一条短信，这条短信是他在去往太原的火车上发的，短信上说："林爸爸我对不起你，我不读书了，我怕穷，我要挣钱，将来像你一样帮助村里的麻风病老人……"6年后，我的手机里还保存着这条信息。

那一年，他带着妻子和大儿子，在太原打了8个月工。他在工地上当小工，妻子在厨房刷盘子，刚开始一个月两人可以挣1800块钱。他们觉得生活有了希望，很幸福。后来妻子有了身孕，年底前第二个儿子就出生了。生下来以后才发现孩子患有先天性疾病，为了给孩子治病，他们赶回了成

阿达色贵代表麻风村的人参加了西昌的国际马拉松比赛获得纪念章

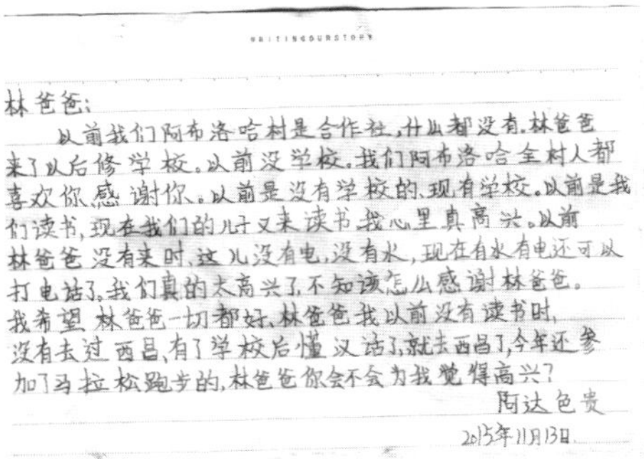

林爸爸：

以前我们阿布洛哈村是合作社，什么都没有。林爸爸来了以后修学校。以前没学校。我们阿布洛哈全村人都喜欢你感谢你。以前是没有学校的，现有学校。以前是我们读书，现在我们的儿子又来读书我心里真高兴。以前林爸爸没有来时，这儿没有电，没有水，现在有水有电还可以打电话了。我们真的太高兴了，不知该怎么感谢林爸爸。我希望林爸爸一切都好。林爸爸我以前没有读书时，没有去过西昌，有了学校后懂汉话了，就去西昌了，今年还参加了马拉松跑步的，林爸爸你会不会为我觉得高兴？

阿达色贵

2015年11月13日

阿达色贵16岁结婚，现在生了5个孩子，其中死了1个

都。在成都北站，我接到了他们。那时候他们夫妻俩一身馊味，小伙子眉头紧皱，再也没有了年轻的风采。他们在外打工有4个月没有拿到工钱，现在儿子也病着，小夫妻俩不知道以后该怎么办。告别时我给他们照了相，留了一笔钱给孩子治病。回村后，不到半月，儿子就早逝了。那张照片就是二儿子留给他们唯一的念想。

吉地大地是那批学生中年龄最大的，也是班长。他基本上没有外出打工，一直在家里照顾他的父亲，他父亲是一位麻风病人。他去年与同班同学莫子扎结婚了，他们俩是唯一一对同学夫妻，女孩比他小10岁。他跟我说，他除了在家做农活以外，就是每天守着我带去的花椒苗。现在，他还欠着娘家10万元的彩礼钱。他指望那些花椒苗有好的收成，帮助他早日还清娘家的债务。

那是2005年，我看到村里有上千亩的荒地，怎样把这些荒地利用起来，帮助村里脱贫致富是我一直在琢磨的事情。后来，请教了一些朋友，也实地考察了一番，我从成都给他们带去了两万斤花椒苗。如今这些花椒苗已经长成了一人高的大树，去年我去村里的时候，村长告诉我，我带去的那批花椒苗真管用，平均每户都能增加3000元的收入，最多的一户上万元。

2005年林川小学第一批女学生都已经嫁了人，绝大多数都离开了村子。在麻风村，最让父母头疼的就是儿子的婚事，20多岁的男生基本上找不到对象，外村的女孩也不愿意嫁到这个村。而且娶一位老婆，给娘家的彩礼就要十几万。麻风村要娶外村的女孩价格还要高一些。没办法，他们有的常年外出打工，有的就隐瞒自己是麻风村的历史，只有少数人在村里放羊、放牛和管理我给他们带去的花椒树。

2009年，我同样给森科洛村带去了1万株花椒苗，交给了乡长。当时森科洛村在修公路，花椒苗运不进去。后来听说这批苗都没有分到村里，村民告诉我即便是分到村里也没有办法种，因为村里只剩下老人和小孩，年轻人基本上都在外面打工。

花椒苗在两个村的不同遭遇，让我很矛盾。阿布洛哈村种植花椒之所以能够成功，是当时这个村实行人民公社制，村长一声号令，全体村民都会响应，积极行动起来。那时候，村里还没有学校，二三十岁身强力壮的年轻人都是文盲，他们没有出去打工，也不知道要出去，他们封闭在小山村中，做一只安稳的“井底之蛙”。现在，教育让他们的后代视野更加开放，让孩子们有了更多的选择，留在村里的父母更加担忧自己的儿子娶不到媳妇。如今村里已经有好几位是老光棍了，而女孩更想跳出去，小小年纪就嫁到外地了。

森科洛村因为较早通了公路，20世纪90年代就建了学校，实行九年义务教育。如今，学校修建得很漂亮，村里的孩子都在这里读书，现在孩子们毕业了，也都出去打工了。这次去森科洛村小学，我问过几个在校的孩子他们的理想和愿望。跟其他孩子一样，现在的他们都想以后做医生或老师。当我问他们出去读书以后还想不想回来，一开始他们都告诉我会，可是我追问两句，他们就沉默了，然后告诉我“不会再回来了”。年轻人都出去了，留下的孩子们也都想着出去，这就是森科洛村的现状，可能也是中国绝大多数村庄的现状。

1992年，普格县的麻风康复村恢复了原来的村名——森科洛村。2007年，布拖县的麻风康复村正式改名为阿布洛哈村。他们要开始告别“麻风”。

现在那批麻风病人已经迈入了老年，有些已经过世，再过二三十年，他们都将走向生命的终点，而“麻风病”这三个字也将从这片大地上慢慢地消失，也许那时候没有人记得这批麻风病人，甚至没有人记得世上还有“麻风病”这一恶魔。可恰恰是这批麻风病人用他们的生命为我们筑起了一道安全的围墙，用他们的爱为我们开辟了一片健康的土地。他们自愿走入深山老林，割舍掉亲人，拒绝爱人，拖着残肢顽强地活着。当他们消逝在历史的长河中，当麻风病随着老一辈人的记忆消散时，我还是想给后来的人留下一点认知。最近，我一直在有意识地收集麻风病村的一些有含义的工具，麻风病人的生活用品和资料，如果条件允许，我想为他们建一个博物馆，让年轻人们认识这批苦命而善良的麻风病人，了解我们这一辈人曾经那段悲壮而勇敢的经历。

出村的道路

后记一

有段时间，我常问自己，这十几年我给麻风村带来了什么？麻风村改变了我什么？

十几年前因为摄影，我闯进了麻风村，把这个远离人间的村庄宣传了出去。2005年，村民住的还是石头和茅草堆砌的草屋，有的家里连床都没有，只能睡在地上。那里贫困的样貌是今天无法想象的。从那个时候，我就用摄像机记录他们的生活点滴。后来我的很多朋友看过那些照片，说拍得非常好，视觉和心灵都受到前所未有的冲击。其实，并不是我的摄影技巧有多好，只是真实地呈现出了他们的状态。

后来我在四川凉山布拖县乌依乡阿布洛哈村办起了林川小学，孩子们接受了教育，开始走了出去。如今村里每户平均收入都突破了1万元，比10年前整整翻了100倍。在这10余年里，我每次回到这个村，都会亲眼看到他们的变化，一点一滴的改变。他们的改变让我兴奋，但在那些高兴中却有一点忧伤，这种忧伤来自对人的思考。

2003年，我刚去这个村的时候，每个人都用一种淳朴纯净的眼睛望着我。他们很穷，但再穷村里也不会饿死人。那时候大家都穷，所以会互相帮助，如同一家人一样。有外人去他们村，村里人会把家里最好的东西拿出来招待客人，处处为你着想。我就是在与他们的交往中，在那种淳朴的民风和壮美的风景中，净化了自己的心灵。在别人的眼里，那里很苦，很愚昧，我却在那里找到了自己心灵的故乡。

这些年，我介绍很多朋友相继去了麻风村，他们回来告诉我：第一次去，他们带了很多礼物，村里人很热情。他们再去的时候，带去的礼物少了，村里人脸上的热情就少了很多。

去年，我回到麻风村的时候，一个村民走了3个小时的山路去接我。

麻风村的智慧，孩子的成长日记

他每次看到我都很热情，帮助我拿东西，跑上跑下的。他有一个优秀的女儿，叫且沙么子作。父亲对她寄予厚望，希望我多照顾她，让她女儿走出大山，全家人也跟着沾沾光。小女孩读书挺好，在班上人气很高，我每次去都要去学校看望她，委托学校领导和老师多多关心她，给孩子尽量多的

2007 年，我带着且沙么子作到长城时的场景

麻风村为当兵的孩子们送行

麻风村外出上学的孩子们

机会。曾经，她作为麻风村代表跟我去人民大会堂做报告，去5个省区做巡回演讲。因为年龄小，人又机灵，一路上她很受欢迎。在鲜花和掌声包围中，我感到一丝危险。我担心她承受不了眼前的浮华与麻风村的贫瘠对她幼小心灵的冲击。我告诉她，这些欢迎和喜爱不是针对她，而是麻风村，她是麻风村的代表。我嘱咐她把收到的礼品要送一些给同学和村里人，要搞好与同学的关系。后来，小女孩读了高中，甚至考上了幼师专业。随后，她却消失了。

这次看到她父亲，我第一时间关心他的女儿，问他女儿怎么样。他父亲一下子爆发了，指着我埋怨，让我还他的女儿。听说我要在村里办影展，他还把我要放在前言的两张巨幅照片撕碎了。听村里人告诉我，且沙么子作偷偷去了北京，去年给父亲打了电话，说自己骑摩托车撞人了，让父亲给她寄几万块钱，她父亲拿不出来，她就跟家里人断了联系，而且她还把麻风村所有人的联系方式全部删除，把她同学全部拉进了黑名单。村民说，她父亲辛辛苦苦把她拉扯大，送她读书，盼着她出息，现在女儿到了嫁人的年龄，又读了高中，彩礼钱就有20多万，他们可以养老还可以给小儿子娶媳妇，现在竹篮打水一场空了，当然对我意见很大。

我听了以后，心里的那股怨气转化为无奈，我理解他们对美好生活的渴求，可我不得不反思。以前村里的那种淳朴，那种无欲无求的宁静，那种对任何人都怀着一腔不求回报的热忱，渐渐没了，这是谁的过错？

这几年，村里人向我求助的越来越多，我的学生，年纪轻轻，遇到一点点事情就找我要钱，给我发微信，让我帮助他们。这让我很为难，也很痛心。

以前，这个村有一种世外桃源的宁静，它是世间少有的一片净土。坐在山头上，看着在这片土地上辛勤劳作的人们，听着沙沙的树林声，整个人倏地就静了下来。我能够看到自己的灵魂，找到自己的心，知道自己是谁。晚上，住在那个仓库里，即便老鼠跳来跳去，可是望着窗外的苍穹，似乎宇宙就在心中。现在，人与人之间有了差距，有的自己翻修了破旧的茅草屋，盖上了砖瓦房；有的外出打工，穿着打扮更加时髦了；而还有的仍然生活在这片落后的土地上，朝朝夕夕，一日复一日。他们开始有了嫉妒，有了羡慕，有了仇富，平静的心湖被一枚硬币激起了涟漪。

生活富裕了，到底好还是不好？社会发展了，差距就出来了，到底好还是不好？肉吃多了，烦恼也多了，想要的也多了，压力也大了，到底好还是不好？年轻时轰轰烈烈，削尖脑袋往上爬，老了却要想着求仙问佛，寻求心灵的平静，为什么？人到底想要什么？怎么样才能做到知足常乐？

这些年我看得太多，也做了不少，可越是如此，越想不明白。也许，闷着头，随着心走，不想不问，未尝不是一种快乐！

2016 年的秋天，钱智昌终于实现了站在天安门广场看升旗仪式的心愿

后记二

当我提起笔写后记的时候，正好收到钱智昌寄来的身份证复印件，“去北京”是他这辈子的梦想。我计划，在秋天的时候带他去。那时候北京秋高气爽，香山的枫叶红了，长城的天更加澄澈了，故宫的殿堂更加鲜艳，天安门前的五星红旗更加耀眼。我想让他享受下五星级酒店的美食，感受下现代卫生间的方便……作为朋友，我会与他同行。

很多人问我，为什么会跟钱智昌交朋友，你俩相差这么远？你们能交心吗？朋友，在社交圈子中，已经有了丰富的色彩。有些人我们经常在一起，喝酒吹牛侃大山，也许我们很和谐，很匹配，也有很多共同的话说，可是他不会让我牵肠挂肚，不会让我惦念。或许因为工作、生活的需要，彼此不再见面，这种关系也就慢慢淡化，渐渐消失在记忆中，无影无形。这些朋友就像过客，匆匆来，匆匆走，不带走一片云彩。

我很少有机会跟钱智昌坐下来深聊，每次去看望他，都有很多其他的事情要忙，每次打电话也是寥寥数语，聊聊近况，仅此而已。可是他却在我的心里，一段时间不联系，我会想他最近过得怎么样？他房子盖好了没？我什么时候要过去一趟，看看他们老两口。他也会时常给我打电话，每次第一句话都是“你身体好吧？”，我清楚地记着4月20日那天芦山地震，他是第二位打进我手机的人，我们俩有一种感觉很神奇，却很真实。

更神奇的是，每次听钱智昌讲他的故事，就像自己的故事一样。虽然，我们两个人的人生境遇是如此不同。他说他在地里一遍又一遍刨土，汗水滴滴答答落到泥土里；我的脑海中是我在田径场上一圈又一圈地跑步，汗水滴滴答答落在跑道上的画面。他说别人看不起他的时候他就搬石头，把石头一块块搬走，也不知道累，看着平坦的土地，就像心里的石头也被搬走了一样。我刚从成都军区体工队下连队的时候，也有不少人看不

钱智昌正在清除地里的石头

1975 年我在训练场上

起我，因为我没经过部队正规的训练，怕我给连队拖后腿，于是我夜间就跑到操场上苦练，在拉练中我凭着自己身体素质好，给体力差的战友扛枪，为生病的战友站岗，不知不觉，我在他们心里也有了分量。钱智昌说，那些年他一直都是一个人，没有人跟他说话，他就埋头做自己的事情，想着活一天是一天。那些年，我也是一个人，没有人看好我，因为做十项全能运动员，我的个子是最矮的一个，条件也是最差的一个，我要比其他运动员付出得更多，因此别人跑1圈我就跑2圈，别人跳5次我就跳10次，别人投10次我就投20次，就这样坚持下去，几年后我站在了领奖台上，打破了田径十项全能全军纪录，获得了运动健将的称号。

我们俩心里都憋着一股劲，一股不服输的劲，一股不被人看不起的劲。他成了种粮能手，当年我也成了体育标兵。我们俩在各自的领域有了自己的骄傲，那是一样的精神，一样的劲头。

今年，钱智昌73岁了，我也63岁了，我们相差10年，相识10年。10年让我们从陌生人变成了心灵之交。10年的时光里，钱智昌的鬓角白了，脊梁弯曲了，皱纹增多了，话也多了。我不知道我们是否还会有下一个10年，他无儿无女，谨以此书，为我留下点回忆！